角落里的青春

浅夏韵歌卷

流年感染了青春

——回味青涩往事，解密成长密码

主编/刘　勇

中国财富出版社

图书在版编目（CIP）数据

流年感染了青春/刘勇主编．—北京：中国财富出版社，2014.2
（角落里的青春·浅夏韵歌卷）
ISBN 978-7-5047-4997-0

Ⅰ．①流… Ⅱ．①刘… Ⅲ．①短篇小说—小说集—中国—当代
Ⅳ．①I247.7

中国版本图书馆 CIP 数据核字（2013）第 281876 号

策划编辑 王秋萍　　**责任印制** 方朋远
责任编辑 康书民　宋　宇　　**责任校对** 梁　凡

出版发行 中国财富出版社
社　　址 北京市丰台区南四环西路 188 号 5 区 20 楼　　**邮政编码** 100070
电　　话 010-52227568（发行部）　010-52227588 转 307（总编室）
010-68589540（读者服务部）　010-52227588 转 305（质检部）
网　　址 http://www.cfpress.com.cn
经　　销 新华书店
印　　刷 北京兴星伟业印刷有限公司
书　　号 ISBN 978-7-5047-4997-0/I·0094
开　　本 710mm×1000mm 1/16　　**版　　次** 2014 年 2 月第 1 版
印　　张 12.5　　**印　　次** 2014 年 2 月第 1 次印刷
字　　数 205 千字　　**定　　价** 24.80 元

目录

薄荷半夏

日光微凉

旧梦如初

秋鬓染霜

涂鸦天下

薄荷半夏

春天，少女的嘴唇和高跟鞋

■ 深蓝文字控

一

新春开学时，高二（2）班来了一个新同学。

彼时，大家还未从春节的热闹中安静下来，三五成群聚在一起唧唧喳喳说个不停，连班主任进来都浑然不知。

自然是班长先发现了班主任，她赶紧让同学们安静下来，回到各自的位置上坐好。

这时候所有人都发现班主任的身后还怯生生地跟着一个小女生。

同学们又开始好奇地窃窃私语起来。

小女生穿着一套略显陈旧却很干净的运动服，扎着羊角辫，斜背着一个蓝花布包，她低着头，看着自己的脚，脚上那双崭新的回力白鞋格外显眼，两只手在不停地扯着自己的衣服下摆。

多像一个不小心犯了错误的乖小孩。

“好酷啊！”

不用回头，全班都知道说话的人是都都，他并不高，却硬是要坐在最后一排，说是要练习自己的眼力，以后要去当兵，其实谁都知道，他是为了方便偷偷从后门逃学。

同学们都忍不住笑出声来，这让小女生的脸更红了。

“安静，安静。”班主任用粉笔刷拍着桌子说：“都都，又是你，罚你做三天的值日。”

都都吐了吐舌头，一点儿也不在乎的样子。

班主任让小女生站到讲台前做自我介绍。

“大家好，我叫安女。”

声音比蚊子还小，但是大家还是都听清楚了，又忍不住笑了起来。

“好了，好了。安女，你坐到那里。”班主任皱了皱眉头。

二

安女的同桌叫米嘉。

安女很小心地在米嘉的身旁坐下，很小心地跟米嘉打了个招呼。

米嘉只是转过头来看了安女一眼，然后又把头转向窗外。安女顺着她的视线看出去，外面有一棵大大的榕树，有正在开放的梨花、桃花，还有灿烂的三角梅，阳光明媚。安女再认真地看了一眼米嘉，米嘉的侧脸真好看，长长的眼睫毛，笔挺的鼻子，粉色的嘴唇和尖尖的下巴。

安女只是想不通，为什么米嘉会盯着窗外一看就是一节课。

她真是个奇怪的女孩子，安女总是不时地小心翼翼地偷看她，甚至做笔记都不敢太用力写字，怕惊扰到她。

放学后，所有的同学都走了，只有米嘉还坐在座位上看着窗外。安女收拾好课本，犹豫了一下，还是不知道怎么和她说再见，便轻轻地站起来，准备回借住的姑妈家。

但是她却被都都挡在了门口。都都笑嘻嘻地说：“安女，安女，你看都是你害我被罚做三天的值日，要不，你帮我做吧！”

安女涨红了脸，不知道该怎么办。

这个时候，米嘉走到安女的身边，一声不吭拉起她的手就往外走。

安女一边走一边回头看都都站在教室门口低声嘟囔着什么。

三

安女跟着米嘉来到了洗手间，米嘉也不和她说话。她脱掉了校服和帆布鞋，把马桶盖放下来，然后只穿着白色的内衣内裤坐在上面抽烟。

其实米嘉很瘦，还没发育成熟呢。

安女觉得米嘉抽烟的姿势很好看，可是她一不小心就被米嘉的烟熏到了，开始剧烈咳嗽起来。

米嘉终于笑了，她把一只手横放在两条大腿上，一只手夹着烟在那边笑，越笑越大声，然后也开始咳嗽了。

米嘉说："你叫安女?"

安女连连点头说："嗯。"

米嘉伸出左手："Hi，我是米嘉。"

安女握住米嘉的手觉得她的手好温柔，可是好冰凉。

米嘉开始在洗手池前化妆，她拿掉发夹，她的头发是波浪卷的，她涂绿色的眼影，鲜艳的口红，然后从书包里拿出一条嵌满金黄色亮片的裙子，还有一双足足有八厘米高的金黄色的高跟鞋。

她在安女面前转了一个圈，问："我好看吗?"

安女说："好看，像美人鱼。"

"美人鱼?"米嘉觉得安女的形容挺有意思的。"为什么是美人鱼而不是其他的妖精?"

"因为我们家乡最美的传说就是美人鱼。"

"没想到你的嘴巴挺甜的啊!"

安女有点不好意思地笑："我说的是真的，不是美人鱼，谁有这么长的眼睫毛啊?"

"哈哈，哈哈。"米嘉又忍不住笑了起来。"你真的有点土啊，这是假的啦。"

她打量了一会安女。"其实，你长得挺好看的啊。嗯……"

她突然在安女的鞋子上踩了两下："你知道为什么都都会说你酷吗？因为你的这种鞋子现在很难买到呢，但是要脏一点才好看。来，我给你化妆吧!"

安女连连往后退："不行不行，回去姑妈会骂我的。"

四

第二天米嘉发现安女的鞋子又变得干干净净了，安女有点不好意思地说："脏了，我看着不习惯。"

米嘉笑了笑，没说话，又把头转过去，看着窗外。

安女听到有人在叫她的名字。回头一看，是都都，他给她扔来了一个纸团："你不要和米嘉走在一起，她是一个很坏的女孩，你知道为什么只有她旁边的座位是空的吗？因为以前的几个女生都害怕她，主动调走了。老师都拿她没办法呢！"

安女偷偷去看米嘉，发现她的嘴角有不屑的笑。

整个早上，米嘉没有再和安女说话，这让安女怀疑昨天米嘉是不是真的对她大笑过。

米嘉一个下午都没有来上课，似乎也没有人在意。安女看着旁边空的座位，心里觉得少了些什么，她也对着窗外看了好久，可是眼睛都麻了，也没看到什么，而且还被老师批评她上课不专心。

放学后安女主动留下来帮都都做卫生。都都站在讲台上，像一个将军一样，指挥着她扫地。

安女后来问都都："你为什么说米嘉是个坏女孩啊？"

"你刚来不知道，她可坏了，抽烟喝酒，什么都会，还会打架呢，听说啊，她还有文身呢，她总是跟社会上的那些坏男人混在一起。你以后不要和她走在一起啊。"

安女在心里想着自己昨天并没有看到米嘉身上有文身，难道昨天的事真的只是自己的想象吗？

可是米嘉坐在马桶上抽烟的样子她记得这么清楚，她第一次看到一个女孩子可以那么忧伤。

五

第三天，米嘉又出现了，她依然没有和安女打招呼，依然只是盯着窗外看。

放学后米嘉就先走了，安女又主动留下来帮都都做卫生。都都没有再向昨天那样在讲台上指挥她了，而是帮她搬椅子。

都都跟安女说："我那天起哄，你不要生气啊。我一直都是这样的，并不是看不起你从乡下来的啊。"

刚说完，都都又感觉到自己这么说好像不大妥当，他有点急了，一急就结巴，说不出完整的话来，恼得只会抓自己的后脑勺。

"嘿嘿，没事啦，我不会放在心上的，我可没那么小气。"安女觉得都都还是很可爱的。

锁好教室的时候，安女让都都先走了，她说自己要上洗手间，其实她是想去看看，米嘉是不是还躲在里面抽烟。

她小心地推开洗手间的门，里面一个人影都没有，但是安女闻到了淡淡的烟味，这味道跟前天的一模一样，安女忘不掉。

路过那棵大榕树的时候，安女忍不住抬头往上看，她总觉得上面应该有点什么东西的。

她看了一会儿，往前走了一段。终于忍不住又走回来，她往四周看了看，脱下鞋子就爬了上去。

上去后她发现依然什么都没有，只有茂密的树叶一层又一层地阻挡着她。

她听到树下有人在叫她的名字。

是米嘉。"安女，你在上面做什么啊？"

安女吐了下舌头，赶紧爬下树去，她觉得自己好像是在偷窥别人秘密的时候被抓到了一样。

六

接下来的近一个月时间里，米嘉每天都会骑着电动车送安女回家，也会一早准时出现在安女家的楼下，她从来没有教唆安女抽烟，没有逼她喝酒，没有向她炫耀她的文身，不，她连文身两个字都没有向安女提起过。

米嘉只是有时候会让安女爬到那棵榕树上去看看上面有什么，安女也从来不问关于榕树的事。

而更多的时候，米嘉会带着安女去教学楼的顶层吹风，米嘉唱歌很好听，米嘉还会用手机下很多安女没有看过的电影给她看，比如《伊莎贝拉》，比如《杀死比尔》，比如《罗拉快跑》……

都都一直劝安女不要和米嘉走得太近，都都是个心地善良的好男孩，虽然爱起哄，爱捣蛋，这些安女都知道，安女有时候也会和都都说米嘉并不是他们说的那么坏，米嘉很孤独，米嘉很忧伤，米嘉是个还没长大的温柔的女孩子，可是都都不信，他说安女跟米嘉在一起肯定会出事，因为米嘉不是那么容易被人了解清楚的人，包括安女。

这一点，安女倒是相信。

之后的一天，米嘉让安女坐上电动车后座送她回家。

路上有几个男青年叫住了米嘉，他们烫染着各种颜色的头发，戴着大大的耳环，穿着奇怪的衣服，手臂上有怪异的文身。

米嘉停下车来和他们说话，那几个男青年看到安女都发出奇怪的笑声，这让安女觉得有些害怕，不自觉地抓住米嘉的衣服。

其中的一个男青年把手伸向安女的时候，被米嘉一手打掉："放老实点，人家可是正经姑娘。"

那个男青年笑嘻嘻地把手转伸向米嘉："那调戏你总可以了吧，你可不是什么正经姑娘。"

米嘉笑着骂了一句粗话，打掉他的手，发动车子离开。

那些人一边吹着口哨一边喊："米嘉，晚上记得出来玩啊。"

安女规规矩矩地坐在车后座上，心里还是有点害怕，她想问米嘉为什么和这些人在一起玩，可是又不知道怎么开口。

米嘉把安女送到她姑妈家楼下，跟她说晚上会过来找她出去玩，让她准备准备，然后不等安女回答，径自骑车走了。

七

安女一边爬楼梯一边想着这个月以来的事，她总觉得怪怪的，有点害怕，又有点好奇。她在想米嘉到底是个什么样的女孩子，她不像都都说的那么坏，可是她确实又认识那些坏男孩。她真的让人摸不清。

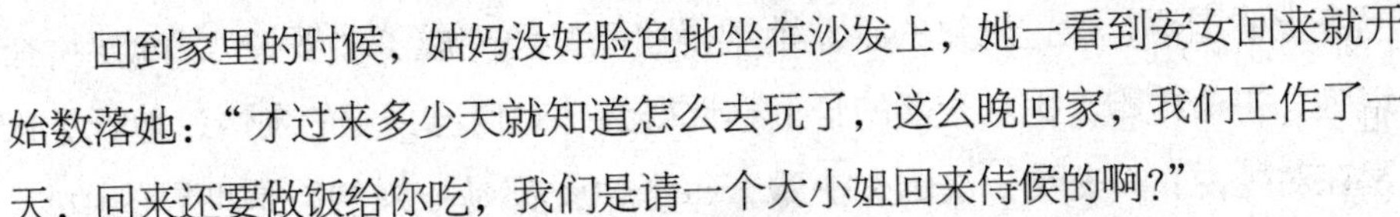

回到家里的时候，姑妈没好脸色地坐在沙发上，她一看到安女回来就开始数落她：“才过来多少天就知道怎么去玩了，这么晚回家，我们工作了一天，回来还要做饭给你吃，我们是请一个大小姐回来侍候的啊？”

她一边数落一边对在一旁看报纸的姑丈使眼色，似乎这个一家之长总得发表点言论，可是他默不做声，装作什么也不知道的样子。

安女什么话也不敢说，赶紧跑到厨房里开始做饭，表姐倚在门口对着姑妈说：“安女可了不起了，刚到我们学校就和米嘉待在一起了，那个米嘉你知道不？就是她爸爸是局长，在外养了情人，不要她和她妈的那个米嘉。了不起哦，人家可是有背景的，难怪安女会这么随便……”

开始的时候安女咬着下嘴唇不说话，当她听到表姐说到米嘉的家庭的时候，手抖了一下，差点没把手里的铲子掉到地上去。

八点钟的时候，安女还在厨房里洗碗，她听到有人在敲门，然后听到表姐用高八度的声音在叫：“安女，有人找你。”

安女戴着围裙匆匆忙忙就跑出来了，她没想到米嘉居然会知道她住在几楼，而且，穿得像一条美人鱼，这一切让她有点不知所措。

她使劲地把手放在围裙上擦着，看着脸色铁青的姑妈还有等着看好戏的表姐，嘴里喃喃地说不出话来。

米嘉也看到了这令人紧张的场面，她不等安女的姑妈开口，一把拉过安女就走。

安女明白自己这一走，结果会有多糟糕，可是她的脚还是不听使唤地跟着米嘉走下去，走下去。

走着走着，她终于忍不住一屁股坐在楼梯上哭出声来。

米嘉也不说话，她就靠在墙壁上看着安女哭，等她哭够了，用力吸鼻涕的时候说：“你现在还可以决定，要回去做保姆，还是要跟我一起走。”

安女抽泣着站起来，她和米嘉对视着，在她的想象中她已经抽了米嘉一巴掌，她凭什么可以这样不顾别人的感受，她不知道人在屋檐下有多么的难受，她不知道安女为什么会住在姑妈家，她不知道不是每个人的生活想怎么样就怎么样的。

可是米嘉的眼神是那么冷漠、倔犟。安女慢慢地举起自己的手，扯掉自己身上的围裙，拉过米嘉的手。她觉得自己好像变成了“罗拉”，她要拼命地跑，拼命地跑。她从米嘉的身上感觉得到她对自己真正的友情，她听见米嘉在对她说：“安女，快跑，快跑，每个少女都是一样的，是世界的中心，每个少女，都要学会如何奔跑。”

八

米嘉给安女买了一条黑色的裙子和一双红色的高跟鞋，并给她涂上了鲜艳的口红。

安女是第一次涂口红，她张着嘴巴不敢让它们合在一起，怕把口红给弄到肚子里去了。

安女是第一次穿高跟鞋，走路小心翼翼可还是摇摇晃晃，米嘉笑得很开心很开心。

她们一路打打闹闹来到了一个闪着无数霓虹灯的地方，安女知道这里是迪吧，只是她从来没到过这里，感觉很惊喜，又有点害怕。

她觉得这里就好像是一片海洋，有各种各样的鱼在游来游去。而米嘉站在那里，就像唯一的一条美人鱼，把所有的光芒都吸引了过来。

当然，这里也有鲨鱼，也有丑陋的怪兽。

白天碰见的那几个青年早已经等在那里了，她不自觉得还是有些害怕他们，便躲到米嘉身后，可是米嘉给她鼓气说：“你放心，其实他们不敢怎么样的，他们也都还是大学里的学生呢，你真以为我和黑社会的人在一起啊?”

原来今天这里有摇滚专场，而米嘉其实是一个乐队的主唱，那些男青年们都是乐队的成员，乐队叫做《嘴唇与高跟鞋》。

米嘉给安女叫了可乐，让她在这边坐着等他们回来，不要到处乱跑，然后就去后台准备了。

安女很乖，或者说安女还是很紧张，她总觉得好像有很多的眼睛在盯着她看，她尽量把自己缩在沙发里，缩在黑暗中，她希望没有人发现她才好。

米嘉的登场引起了全场的尖叫，她就像是一条很会发光的美人鱼静静地出现在深海里，四处一片黑暗，她的目光所到之处，声音都悄然而止。

米嘉开始歌唱，米嘉她多么孤独啊，孤独到全世界只剩下了她的嘴唇和高跟鞋。安女不自觉地坐直了身子，她也沉溺到米嘉的歌声中去了。

不知道是什么时候开始骚乱的，安女被酒瓶破裂的声音惊醒，然后她看到有一些人往台上冲，和米嘉乐队的那些男青年打在了一起，而米嘉则被一个男人揪住头发往门口拖。

安女捂住自己的嘴巴，她不敢相信自己看到的场景，她愣在了那里，无法挪动自己的脚步。

这个时候迪吧里所有的灯都打开了，无数道强光直射下来，安女看到米嘉在对她摇手，可是她听不到她嘴里在喊着什么。

安女也不知道自己是从哪里来的勇气。

她提起裙子朝米嘉跑去，边跑还边脱掉一只脚上的高跟鞋，然后重重地敲在那个揪着米嘉头发的男人头上。

男人应声倒地，血从他的后脑冒出来。

安女吓傻了，她不知道自己是怎么被米嘉拖走的，她只觉得世界一片血红，红到连最红的嘴唇和高跟鞋都被淹没了。

九

安女抱着膝盖蜷缩在米嘉家的沙发上，米嘉正拿了纱巾在给安女包扎她脚底被玻璃渣子扎出的伤口。

米嘉说："安女你怎么这么傻，我叫你先走你偏要跑过来。"

安女不说话，安女皱着眉头咬着嘴唇，想看又不敢看那伤口。

米嘉说："没想到你还挺有勇气的，也够力气，一下就让那人脑袋开了花。安女你不知道你有多勇敢，你打的人是这个城里有名的坏蛋，叫铁虎，传说他还练过铁头功呢，这下他的脸都丢尽了，被一个名不见经传的小女生用高跟鞋砸破了头，哈哈。"

安女说："你还笑，他不会死了吧，他不会去报警吧。"

米嘉说："这个你放心好了，他喝醉了酒，醒来后就什么都会忘记得一干二净的。"

米嘉用剪刀剪断纱布，还扎了一个好看的蝴蝶结。安女觉得奇怪，米嘉怎么会包扎得这么好。

米嘉带安女去洗澡，开始的时候安女还有点害羞。

米嘉也不管她，自己脱光了衣服，站在水龙头下面，让温水尽情地在自己身上流淌。

米嘉的身体是多么纯洁无瑕啊，米嘉的脸也是那么素雅，米嘉那么瘦，米嘉的乳房小小的，根本就是一个还没完全长大的小孩子啊。

安女突然问米嘉："他们都说你身上有文身，可是为什么我没有看到啊？"

米嘉笑了："谁看到的啊，那只是他们的猜测而已，他们以为像我这样的坏女孩，一定会有文身的，也会有很多坏男朋友。"

安女说："那你就不解释吗？"

"怎么解释啊，那些笨蛋总是自以为是，谁会相信呢。而且，何必去管他们怎么想啊。"

安女又想说话，但是不知道怎么开口，只好乖乖地脱去衣服，让米嘉帮她擦背。

米嘉让安女穿上自己的睡衣，然后一起坐在阳台上吹风。

米嘉第一次让安女陪她喝酒，安女忍不住问她："你的爸爸妈妈都不在家吗？"

米嘉用很不屑的表情说："我爸爸不敢越狱，我妈妈才不会回来呢，这里只有我一个人在，你放心好了。"

米嘉说完还除去自己身上的浴巾，她扶着栏杆高声歌唱，安女吓了一跳，赶紧把浴巾给她披上，米嘉笑得弯下腰去，然后抱住自己。

米嘉的笑声像风铃一样在午夜里飘荡。

米嘉说："安女，你看下面的灯火，你觉得这个城市美不美啊？"

安女说："美啊。"停了一会又说："可是我把你给我买的高跟鞋弄丢了一只。"

米嘉说："傻瓜，傻瓜。"然后就哭了。

十

米嘉跟安女说："我跟你说说阿禾吧。"

安女点了点头，在她的身旁坐了下去。

"阿禾是我的男朋友，阿禾很爱我，我们在一起很久了。阿禾以前很喜欢打架，每次都是我帮他包扎伤口，因为每次他都是为了我跟别人打架的，别人都笑我爸爸是个贪官，养情人，不要我和妈妈了，只有阿禾会保护我。你知道吗，阿禾怕我上课无聊，每天都会爬到那棵榕树上陪我聊天。嗯，我应该给你看看他的照片，他很帅，很喜欢笑。可是我现在找不到阿禾的照片了，我也找不到阿禾了。好像只是做了一场梦一样，阿禾突然就不见了。他也没有和我说再见，没有和我说为什么要离开我。阿禾他很爱我，可是他还是走了，像所有的人那样，都躲开我了。"

米嘉的声音低了下去，安女忍不住去抱住她。

米嘉说："安女，你有男朋友吗?"

安女点了点头说："有。"

米嘉说："真的啊，想不到你也有呢。"

安女有点害羞地晃晃手上的那串贝壳手链："这个就是他送给我的，好看不?"

"好看，他叫什么名字啊，能说说你们的故事吗?"

"他叫闰土，他是海边少年闰土，他会拿叉子站在有月光的沙滩上，像鲁迅写的那样。他的脖子上也戴着一个银项圈，不过他的本事更大，他还会下海抓鱼呢，他也会站在礁石上很大声地朗诵'面朝大海，春暖花开'，他会给我说各种各样美人鱼的传说，她们都很美，而且，他跟阿禾一样，会保护我。嗯，从我刚出生的时候，我就认识他了。"

"你们是青梅竹马呢，真好啊。安女，你多给我说说闰土的故事吧，安女，以后有机会，你一定要带我去你们家乡的海边，介绍我认识闰土啊。"

安女点了点头，开始给米嘉说有关海边少年闰土的故事。

米嘉靠在安女的肩膀上睡着了，可是安女还是不停地说下去。

这个晚上，城市上空的那个月亮好大好大。

十一

安女回家后，自然是被姑妈一阵臭骂，而且姑妈命令安女，以后不要和米嘉这样的女孩交往。

“米嘉这样的女孩”这几个字让安女很难受，她的眼泪一下就掉了下来。

安女也被班主任调离了座位。米嘉身边的座位又空了出来，安女有时候忍不住去看她，她依然整节课整节课地盯着窗外。

米嘉也没有再和安女说过话，而且她也不会在放学后躲在洗手间里去抽烟了，也不会跑到楼顶去吹风了。

后来，米嘉甚至都不来上课了。

安女不知道发生了什么事，她很担心，她打米嘉的电话没人接，她去米嘉家里找她，发现那里已经换了一个住户。

安女去她所有知道的米嘉可能出现的地方找她，都找不到，安女甚至在榕树上坐了一整个下午米嘉也没有出现。

这段时间里都都一直跟在安女后面。

“算了吧，安女，米嘉她可能已经离开这个城市了。”

“算了吧，安女，你这样是找不到她的。”

……

安女说：“不会的，你不知道米嘉有多可怜，你不知道米嘉有多需要别人去关心她。”

五一放假的那些天，安女沿着米嘉曾经骑着电动车带她走过的那条路一直走啊走，她相信米嘉一定还在这个城市里，而都都也一直陪着她。

十二

黄昏的时候，安女终于发现了米嘉，在一个酒吧里，她在那里拼命地喝酒，周围一些男人对她发出不怀好意的笑。

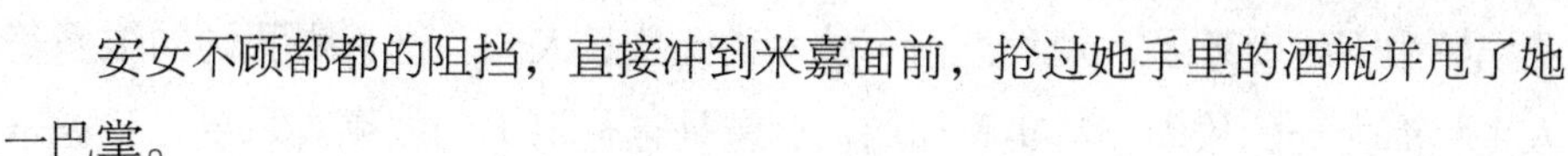

安女不顾都都的阻挡，直接冲到米嘉面前，抢过她手里的酒瓶并甩了她一巴掌。

米嘉看到安女就笑了起来，然后又哭了。哭着哭着，她就推着安女往外走，安女刚想拉她走的时候，发现她们已经被几个人堵住了，带头的就是那个被安女用高跟鞋打破头的铁虎。

安女用尽全力叫道："都都，都都。"

可是都都连影子都不见了。米嘉说："别叫了，他也只是个胆小鬼，早跑没了。"

安女和米嘉被关在一个房间里。

开始的时候，那些人还想非礼她们，可是安女拼死抵抗，失声尖叫，甚至咬破自己的舌头和嘴唇，把血吐在他们身上，他们都被吓到了，除了铁虎外，其他几个还都只是学校里的坏学生，害怕真的闹出人命，于是就把她们关了起来，想慢慢折磨她们。

米嘉说："安女，你怎么这么傻呢。现在我们完了，他们一定不会放过我们的。"

安女说："你才傻，为什么突然就消失了啊？"

米嘉说："安女，我好害怕。安女，我爸爸在监狱里自杀了，我再也没有爸爸了。我妈妈也走了，卖了房子跟别的男人走了。安女，你知道吗，我爸爸很爱我，虽然他不要我妈妈了……"

米嘉说："安女，安女，等下我跟他们说，他们想要什么我都给他们，只要放了你。"

米嘉说："安女，是我害了你。安女，那天之后，他们就一直在找我们，我为了不让他们知道你和我同一个班级，才不去上课的。安女，他们还是找到了我，他们说只要我喝掉桌子上所有的酒，他们就放了我，我就要喝完了，我就要解放了，可是，你为什么会在这个时候出现呢？"

安女说："你比我还傻，你不知道他们是要灌醉你，然后做什么都可以啊。"

安女说："米嘉，你还有我，我也还有你。还记得我和你说的海边的少年闰土吗？其实他不是我男朋友，他是我爸爸。米嘉，其实我比你更痛苦。

我妈妈生下我就死了，是我爸爸一手将我抚养长大的。爸爸跟我说的很多美人鱼和海力士的故事，其实我知道，那就是爸爸妈妈的故事。米嘉，我爸爸在我高二那年，为了救一个不小心掉到海里的女孩再也没有回来。米嘉，我爸爸说，每个少女都有权利好好活着。米嘉，不要哭了，我们要想办法怎么离开这里，我们一定要好好得活下去。”

她们把手都磨破了，还是不能解开绳子。

可是她们并不放弃。

一个多小时后，外面传来很嘈杂的声音。

然后有人踢开房子的门，冲进来的是都都。

后面跟着的是全班的同学，还有班主任。

铁虎糊里糊涂地从另外一边的房间里跑过来，班主任脱下高跟鞋，一下就砸在了他的脑袋上。

而其他的人也都被刚刚赶到的警察给制服了。

十三

原来都都并不是因为害怕而跑走了，他偷偷地跟踪到了这里，然后一个电话一个电话打出去，把全班同学都叫了过来，也只有他记得全班同学家的电话号码了。

都都依然是嬉皮笑脸的老样子，可是班长却打了一下他的后脑勺。

“这个傻瓜，一个电话一个电话叫我们过来，也不说清楚是什么事，而且也不知道报警。还是班主任过来报的警，不然早就把你们救出来了。我们在下面怕你们出什么意外，所以就先冲上来了。”

都都摸摸后脑勺，不好意思地笑了，这时候，全班同学也都笑了。

是姑妈和姑丈把安女从公安局接出去的。这次姑妈倒是没有骂她，她说：“你要是出事了，我可怎么向你死鬼老爸交代啊。你们太天真，太幼稚了，这真是最好的结果了，不会什么时候都这么幸运的，要是发生了不幸的事，后悔都来不及了啊！”

安女低着头不说话，其实她明白，姑妈心地并不坏，不然也不会把她从老家接过来，因为她是她唯一的亲人了。只是怕她成天和米嘉在一起，会变成一个坏女孩，才会那么说她，不给她好脸色。

安女回到家就给米嘉打了电话，米嘉告诉她，妈妈回来找她了，妈妈再也不会离开她了，妈妈抱着她哭，说她离开的这段时间里做梦都想她。米嘉说："安女，你知道吗，妈妈抱着我的时候，我觉得她也是那么小的小女孩。"

第二天，安女从榕树上爬下来，她跟米嘉说："我在一个树干上看到有人用小刀刻了一座房子，里面住着两个小人。一定是阿禾留下的记号，他相信未来的美好，所以他一定会再出现的。"

两年后，又是一个春天。

在音乐学院念书的米嘉收到一封信，信里有一张照片，是安女乐呵呵地笑着，用一只高跟鞋砸一个海军兵哥哥的头，那兵哥哥的背影多像都都啊！

照片后面有一个唇印，安女写着："米嘉，你找到你的阿禾了吗？"

米嘉笑了，她没有告诉安女，其实有关于阿禾的故事，只是她自己编造的，其实，她从来没有男朋友，也没有一个叫阿禾的男孩子会爬到树上和她聊天。

但是从遇见安女的那个春天之后，米嘉就一直坚信，她一定会找到阿禾的。

寂寞的话，找个姐妹花当对手吧

■ 佚名

我十三四岁的时候，自尊心特别强，敏感、自负、却也脆弱。

我当然知道，父母下岗后到市场摆摊卖菜，没什么丢人的，他们只是用自己勤劳的双手挣钱养家。但由于年少虚荣，我还是不希望同学知道这事。

开始，我根本不愿意到市场帮忙，害怕遇见同学。但天天看着父母早出晚归，累得连腰都直不起来，心里备受煎熬。于是，有空时，我就会硬着头皮去市场替换一下父母，让他们歇一会儿。我心疼他们，也明白父母所有的辛劳都是为了这个家，为了给我攒上大学的费用。父亲曾经说过，只要我能考上大学，砸锅卖铁也会供我。

只是我怎么也没有想到，暑假里的一天傍晚，我正和妈妈一起卖菜时，会遇见同学吴昕。她是我在班上最强劲的竞争对手，成绩与我不相上下。虽说同学两年了，但没讲过几句话，青春狂妄的年纪里，我们就像两只骄傲的孔雀，谁也不服谁，都有自己的小圈子。

我最看不惯她那一副娇滴滴、嗲声嗲气说话的样子。她每天进教室，先要用面巾纸一遍又一遍擦拭干净桌椅板凳后才会坐下。我是个表面大大咧咧、实则内心细腻敏感的女生。从她时不时瞟过来的不屑的眼神中，我知道她并不喜欢我。

本来我们恪守着“井水不犯河水”的原则，各自为政，也就相安无事。没想到，我在市场卖菜的秘密居然被她发现了。真是怕什么来什么，看见她时，我想躲已来不及了。她看到我，愣住了，眼睛睁得老大，嘴张得足以塞进一个肉包子。好半天后，她才惊讶地挤出一句话：“你在这卖菜?”我的脸瞬间涨得通红，仿佛被人掴了一个耳光，气急败坏地说：“关你什么事?”

摊子前挤了几个买菜的大妈，她们挑挑拣拣，讨价还价。我心慌意乱，

再没有往日里的利索，低低瞥了吴昕一眼，在她脸上仿佛看到了两个字：奚落。

开学后上了初三，老师重新排座位，我们居然成了同桌。

这是我无法忍受的，当时我就举手向老师表示反对，但吴昕却马上整理好东西搬了过来。想天天嘲笑我吗？抓着我的小辫子不放？我愤愤地想。在她坐下来朝我露出一个意味深长的微笑时，我给了她一个白眼，而心里却是忐忑不安。

她果真把我在市场卖菜的事告诉了其他同学。有一天轮到我值日，自习课时，一个女生一直在与同桌说话，我走过去低声提醒她不要影响其他同学。那女生却扬起头，一脸不屑地指着我说："你不就是一个卖菜的，你以为你是谁呀？要你来管我？"

班上的同学闻声，齐刷刷地把目光集中过来，嘲讽、惊奇，各种目光交织在一起将我笼罩，我恨不得找个地洞马上钻进去。他们怎么也想不到，一向张扬、自信的我居然会在闹哄哄的市场里卖菜。

我也傻了，脸上一阵发烧，连反击的语言都没有，心里有种撕裂般的痛楚。

吴昕听到后，慌忙跑过来，阻拦那个与我吵嘴的女生再说出什么难听的话。但她的目光却是躲闪的，不敢看我的眼睛。我急促地喘息着，怒火中烧，目光如刀狠狠地盯着吴昕。她张了张嘴，似乎有话要说，但在她走向我时，我狠狠地推了她一下，她没防备，一个趔趄，整个人摔在地上，摔得仰面朝天。

应该很痛吧。吴昕可怜地哭了起来，"呜呜"的哭声让我有一丝愧疚。"谁让你多嘴！"我倔强地说，心里却是慌乱，挺后悔自己的冲动。但让我当众扶她起来，向她道歉，我做不到。

"真野蛮！居然动手打人。你本来就在市场卖菜，难道我说错了？"那个挑起是非与我争执的女生不合时宜地火上浇油。几个女生扶起坐在地上哭泣的吴昕，不满地指责我，轻声安慰她，把我当成了空气。

我刚刚涌起的一点歉意即刻消失，只是在众多的指责声中，我无力反驳。

我恨死了吴昕，用眼泪换取同情，颠倒黑白，让我在瞬间被大家集体孤立，就连那些平时和我交往不错的同学都不屑再跟我一起了，他们说我没素质。

那段时间里，我成了孤家寡人，种种流言飞语如针一般刺得我心痛。我不仅恨吴昕，也恨那个挑起事端的女生，还恨所有势利无情的同学。我不明白父母为什么一定要去卖菜，难道除了卖菜就没有其他生计了？既然如此贫穷为什么还要把我生出来？我成了一只闷葫芦，对谁也不愿意开口，对生活充满了厌倦，对身边的人也充满敌意。我的成绩开始一落千丈，还变本加厉地开始逃课。

老师找我谈话，我低着头，一声不吭。从她焦虑的眼神中，我看得出她那恨铁不成钢的心痛。她想不明白，只是一件小事，我为什么会如此沉沦？只有我自己知道那种心灰意懒的痛楚。

吴昕再也不敢正眼看我，面对她我总是横眉怒目，我身上仿佛一夜间长满了刺，一丁点儿小事就会惹得我大发雷霆。在学校是这样，在家里也是如此。

父母不明白发生了什么事，一脸关切却什么也不敢问。妈妈对我说话时更是小心翼翼，生怕一个不小心又惹我生气。

我执拗地坚持着自己的冷漠和孤傲，觉得全世界的人都亏欠我。夜里，我躺在床上，思绪如云。我一次次地回想那天发生的事情，那些嘲笑声、指责声仿佛还回响在耳边，泪水悄然滑落。

我没有看不起我的父母，我明白他们的辛劳是为了我，我只是不希望被同学知道他们是卖菜的，这有错吗？我也知道这是虚荣心在作祟，但十三四岁的年纪，谁不要一点面子？想到吴昕给我带来的伤害，我决定不原谅她。

每天坐在一起，我都不给吴昕好脸色看。她的成绩一如既往的好，而我已经对学习失去了热情，难以与她匹敌了。

有一天刚下课，她盯着我，支吾着想对我说些什么时，我不屑地瞟了她一眼，目光冷峻，然后把头扭向一边。其实，我看得出来，总爱显摆的她自上次的事情后也沉默了很多，虽然她的成绩赢过了我，但她一看见我时，就会不由自主地把头垂得低低的。

“殷子，对不起！上次的事情……”她的声音很轻，但我听清楚了。这个在学习上从不肯认输的人，居然会开口向我道歉，而且是在她被我推倒以后，在我被众人孤立之时。

我保持姿势不动，想听她说下去。

“看见你现在的样子，我很难过。我的本意不是这样的，我没有取笑你的意思，但我没想到事情弄到最后会变成这个样子，对不起！是我考虑欠妥。”

我依旧不动，但眼角渐渐湿润。在这段被人孤立的日子里，在一次次逃课出去时，我只是用表面的冷漠来掩饰内心的惶恐和孤单。我没有自己想象的那么坚强和不在乎，面对从来没有过的不及格的分数，我的心在痛；面对父母焦虑的眼神，我的心也在痛。

吴昕走出教室时，塞给我一张折叠成纸鹤的字条。

“殷子，对不起！上次的事情是我的错，只是那不是我的本意。在市场看见你卖菜那一刻，我对你充满了钦佩。我佩服你能够体谅父母的辛苦，并且身体力行地为他们减轻负担。最初我并不服你，把你当成学习上的劲敌，一直铆足劲和你竞争，但知道你课余时间常常去帮父母卖菜后，我觉得我们之间的竞争不公平，我占了便宜，于是我把这事告诉给了几个要好的同学，希望他们的父母去买菜时，能够专门买你家的菜，这样你就能腾出更多的时间来学习……是我请求老师把我们调到一块儿坐的，我想成为你的朋友，在学习上互相竞争，也互相帮助。我没想到，事情到了后来，会那么深地伤害了你。对不起！”

我仰着头，紧紧地闭着双眼，生怕泪水一不小心就会滑落。吴昕真诚的言语让我阴郁的心里一阵释然。其实仔细想想：如果不是我自己死要面子，父母卖菜的事，又有什么见不得人呢？

“殷子，一起出去走走吧！”一天下课后，吴昕主动邀请我。

我笑着答应了，并且牵着她的手一起走出教室。其实自从上次看完她给我的字条后，我就想主动跟她和好，但碍于面子难以开口。

还好，吴昕善解人意，给了我一个台阶下，或许她从我看她的目光中读懂了我对友谊的渴求。

在解开心结后，我与吴昕成了无话不说的好朋友，才发现自己以前对她的偏见。虽然她说话娇滴滴的，但其实是个很坚强、勇敢的女生。路上看见小混混敲诈小学生，她都敢跑过去管，说她爸爸是公安局的，唬得别人转身就跑；看见年迈的乞讨老人，她会毫不犹豫地把口袋里的零钱全给对方。

吴昕还在每个周末写完作业后陪我去市场卖菜，并且美其名曰体验生活。但我明白，吴昕只是用她自己的方式，来表达她对我的尊重，还有对这份友情的珍惜。

有吴昕陪在身边，我在市场帮父母卖菜时，再也不会难为情了。她热情洋溢的笑脸，甜甜的吆喝声，为菜摊引来了不少顾客，那些大娘、大妈一边挑菜，还会一边逗乐地询问我们是不是姐妹花？“是呀！是呀！我们是最好的姐妹花！”在我还不知道如何回答时，吴昕已经乐呵呵地说了。望着她如花的笑脸，我心里暖暖的。

我们是好朋友了，但在学习上，我们依旧是最强劲的对手，这方面一点都不含糊。

我喜欢这个对手，有她的存在，我斗志昂扬，精力充沛。就像吴昕说的：对手，就是自己的另一只手，对对手最大的尊重就是竭尽全力地发挥出自己最大的潜能。

我尊重吴昕这个对手，因为她是我最好的朋友。有对手存在的青春，我们不会寂寞。

你是我不能言说的伤

■ 有还无

1. 假如爱真有天意

直到现在，格非还是弄不明白，那么狗血的事情怎么就能砸到自己头上。

当室友兼死党——小梦兴致勃勃地向格非介绍她的新男友时，格非差点没背过气去。

小梦的男朋友竟然是黎昕——格非的初恋情人。

格非看着眼前这个比以前显得更加高大帅气的男生，霎时呆了，愣是心跳加速，半天没挤出一个字来。

“怎么了格非？看到帅哥傻了呀？”小梦呵呵笑着打趣格非。

格非听到小梦的笑声，猛然间缓过神来，更是羞得无地自容，偷偷地斜眼瞥了一眼黎昕，看他竟然是一副镇定自若，仿佛他从不曾认识过格非的模样，以往和格非发生的种种，更是好像早已成了浮云。这让格非开始有点怀疑自己是不是认错了人，但是当她看到自己在黎昕右手臂上留下的杰作——一排牙齿咬过后留下的血印时，格非便再也不敢有任何其他的猜测。

“你好，我叫黎昕，你就是格非吧，常听小梦提起你。”黎昕微笑着说完，很自然地伸出了右手，不知是有意还是无心，那排血印完全暴露在了格非面前，显得触目惊心。

在外人看来这句再正常不过的话对于格非来说，却是雷到了极点，本来就已经被雷得里焦外嫩的格非这下子彻底沦陷了，她不明白自己上辈子究竟造了什么孽要受到老天这么严重的惩罚。

“哦，你——你好！我叫格非。”格非结结巴巴地说完，哆哆嗦嗦地伸出小手，轻轻地和早已被晾在半空中几十秒的大手有惊无险完成了对接。

“格非，这是手，不是地雷，干吗这么紧张?”小梦看着格非通红的脸颊，乐此不疲地继续着她的调侃。

“那个——小梦，我还有事，先走了。”格非狠狠咬了下嘴唇，丢下这句话，还没等小梦回答，便飞速逃离了现场。

2. 传说，四叶草，代表幸福

格非拼命地跑了很久，直到感到呼吸困难时才慢慢停了下来。格非又回头看了看，发现自己已经完全摆脱了他们的视线范围，这才放心地朝着新月湖的方向慢慢走去。

新月湖中种了大片的莲，每逢夏季，满池的荷花争奇斗艳，煞是好看。可现在已进入深秋，荷花早已枯败，荷叶也早已发黄，满眼呈现的是一片衰败之景。格非看着池中的残荷，往日的思绪便又开始如潮水般涌了上来。

格非和黎昕是高三时的同班同学，那时格非的成绩奇好，而黎昕的成绩却如穿着麻绳的豆腐般怎么也提不上来，但是格非的可爱令黎昕迷醉，黎昕的歌声也令格非神往。所以，在那样一个谈“早恋”色变的非常时期，格非和黎昕还是不顾世俗的眼光，上演了一场颇为精彩的地下恋情大戏，而且还是传说中的优等生和差等生的旷世“畸恋”。

既然是地下恋情，便早晚免不了有暴露的一天。

对付早恋，老师们早已完成了从实践到理论，而后又从理论到实践的华丽蜕变，真可谓是每一步都稳扎稳打，步步惊心。

第一步，单独谈话；第二步，叫家长；第三步，校方出动。这三步走下来，再怎么顽固的早恋分子，也会乖乖地举起小白旗。

他们之后的遭遇，也和所有的早恋学生一样。

格非本是决心抱着视死如归的精神跟班主任高老师斗法到底，争做第一个早恋战争的凯旋者的，可令格非万万没想到的是，刚刚走完第一步，黎昕就沦陷了。格非搞不懂自己怎么就摊上了这么一个不争气的主儿。为此，格非在暗地里不知道给黎昕打了多少回气，不管是强硬还是怀柔，黎昕总是以

“我不能影响你考大学”这样一个看似借口实则又是理由的理由以不变应万变。每次的密谈，均以格非的一句“你这个叛徒”和气哄哄离开的背影结束。

最后的一次密谈，十分简短，只花了两分钟。

“你是不是不爱我?”格非认真地问。

“传说，得到四叶草，便能得到幸福，我把它送给你。”黎昕岔开话题，把还带着露珠的四叶草放在了格非的手中。

“我问你到底爱不爱我?”格非步步紧逼。

“不爱!”黎昕回答完，还故作轻松地笑了笑。

听到这两个字，格非气得脸通红，没再说什么，而是把四叶草撕得粉碎，随后又抓起了黎昕的右手，张开“血盆大口”，狠狠咬了下去。痛得黎昕冷汗直滴，却没有叫一声疼。

格非终于松开了口，继而又快速地张开了大口，号啕大哭。

黎昕没有安慰她，而是选择了离开。

虽然格非在专心哭号，但他离开时一直在用手抹着眼睛的背影还是被格非顺利捕捉到。

后来，黎昕转学了。

格非学习越来越努力，只是她开始变得不爱说话了，总是喜欢一个人在那片三叶草丛前静静寻找。

高考前的无数个夜晚，她常常失眠，从月光透过窗子照在她的脸上到红色的晨光洒满整个轩窗，她睁着眼什么都没做，只是，想他。

因为，虽然没有什么证据，但是凭她感觉，她还是怎么也不愿相信他不爱她。

后来的高考，格非发挥得有些失常，不过还是不出意外地考上了A大。

多姿多彩的大学生活，让格非看起来好像重又恢复了活力，只是所有人都不知道，她的失眠症不轻反重，她仍在继续寻找着已经找了很久的四叶草。

格非曾经梦到过和黎昕的成百上千种重逢，但独独没有今天的这种，这令格非感到无所适从。

他怎么会来 A 大？他怎么是小梦的男朋友？他是怎么做到装作不认识我的？一连串的问题齐齐涌来，挤得格非脑仁疼。

3. 当暧昧直面感动

格非正坐在湖边的长凳上郁闷着，忽然感到了手机的振动，掏出手机，原来是路小松的电话。

“格非！在哪儿呢？”

“我在新月湖边。”

“你站那儿别动，我去找你。”

“唉，你——”没等格非说完，路小松便挂了电话。

他总是这个样子。

格非本来是想说“你别来”的，可是现在这种情况，只有坐等他过来了。

路小松是格非现任的男朋友，是他追求的格非，格非刚开始并不想答应，不是因为不喜欢，而是感觉还没到爱的程度。可禁不住路小松的死缠烂打，再加上自己还是有点喜欢他的，便答应先试试。不过，和他在一起时，任凭路小松怎么讨好她，怎么为她制造浪漫气氛，格非竟然愣是找不到半点儿恋爱的感觉。可能是自己太老了吧。格非在每每百思不得其解之后，便总是拿这个任谁看起来都十分可笑的答案来搪塞自己。

都说恋爱的女生智商是零，可和路小松恋爱着的格非却感到自己的智商异乎寻常得高，例如，格非总能在路小松和其他的女生多聊了一小会儿天后，成功地编派他，格非倒不是吃醋，只是感到好玩，害得路小松再也不敢轻易和女生说话。而当格非和某个男生走得很近时，格非总能找出一连串的理由来打发路小松，使得真正在吃醋的路小松每每没了脾气。

可能并不是格非智商高，只是因为路小松太笨了吧！

“格非，你看这是什么？”路小松一路跑过来，喘着粗气，朝格非说道。

格非懒懒地朝路小松看了一眼，立刻像打了鸡血般兴奋异常。

“四叶草！”格非兴奋地尖叫。

“送你的!”路小松把四叶草放在了格非的手心里。

格非双手捧着四叶草，看了看路小松因为兴奋而益发清澈的眼眸，又忽然想起了刚刚见过而又好像不再认识自己的黎昕，顿时百感交集，忍不住趴在路小松的肩膀上，哭得天昏地暗，日月无光。

“虽然我千辛万苦寻到了四叶草送你，也不至于这么夸张吧!”路小松看着已经被泪水洇湿的半边衬衫，幸福地叫苦不迭。

回到宿舍，格非小心翼翼地把四叶草夹在日记本里，一夜，又是未眠。

这一夜，她做了一个对她来说不知对错的决定，她决定狠狠心努力忘掉黎昕，试着接受路小松。

4. 那年的烟火特别冷

2009 年的元宵节，风格外大，满天的烟火照亮了整个夜空。

小梦，黎昕，格非，路小松一行四人同去龙源湖广场看焰火。

其实格非是不愿意来的，但耐不住小梦的软磨硬泡，只好硬着头皮前往。

一路上，四人都各怀心事，很少说话，气氛尴尬异常，路小松和小梦见气氛沉闷，便互相调侃，一个劲地逗引着大家说笑，这才使得气氛变得稍稍轻松一些。

格非一路上紧紧握着路小松的手，生怕别人不知道他们是情侣似的，当然，这个别人，特指黎昕。

风越来越大，天也开始飘起了碎碎的小雪。格非丢开路小松的手，轻声哈了一口气在手套上，短暂的温暖过后，却是加倍的冰凉。

终于来到了广场，由于人很多，所以他们就都没进去，只在外围静静地看着黑压压的人群和漆黑夜空中绽放的五彩烟花。

“路小松!这是我送你的。”格非从口袋中掏出一个围巾为路小松戴上，格非一反常态的温柔虽然令路小松很受用，但路小松还是感到幸福来得太过突然，以至于令他感到不知所措。

路小松从怀中摸出了一个八音盒给格非算是回赠。

后来，小梦和路小松还是在一直调侃，进而演变成互相追着打闹。一来二去，便找不见他们的踪影了，只剩下了格非和黎昕两人，气氛重又陷入了冰冷。

“你不吃醋吗？”黎昕打破了宁静，认真地问道。

“我从不吃小梦的醋。”

“你真的从来没有吃过小梦的醋？”

“没有！”格非终于明白了他的意思，做出了一个简短而又冰冷的回答。

黎昕听她这样回答，脸上呈现出一丝看似是轻松却又好像是失落的表情，不再说话。

“你还是黎昕吗？”格非不甘心地质问。

“是又不是。”黎昕想了很久回答。

“怎么讲？”

“我是黎昕，不过高三时候的那个黎昕已经死了。”黎昕故作轻松，未说完此话，喉头便已失控哽咽。

“我懂了！”格非从口中挤出了这三个字，继续抬头望向天际，满天绽放的烟花似火，燃烧了漆黑的夜空，同时也冰凉了格非不断滚下的豆大泪滴。

那天他们几个是怎么回来的，格非已经不记得了，只是记得，小梦和黎昕从始至终都没有交换礼物，这令格非十分不解。不过回头想想也是啦，元宵节本来就没必要送礼物，她和路小松交换礼物，反倒是有点奇怪了。

5. 心底白月光

一连几天，格非关了手机，也没有再去找路小松，因为她不知道见到他后该说些什么。她没能爱上对自己这么好的路小松，却对一个根本不值得自己爱的人念念不忘，格非感到很是惭愧。

她不明白，为什么自己曾经可以那样爱着黎昕，却单单爱不上路小松。

难道爱真的是可以一次性用光的运气，用完了，便再也没有了爱的气力？看着日记本中已经发黄的四叶草，格非陷入无限的纠结和臆想之中。

在宿舍宅了几天之后，格非无意间开了手机，将近一百条的短信令沉闷了几天的手机振动了足足半小时。

格非打开短信，无一例外，全是路小松的。

格非看着一条条或是关心，或是担心，或是无措，或是安慰的短信，她又一次不争气地哭了。

“我喜欢你但没发展到爱你，可是我还是很想努力去爱你。”格非回信息，决定再给自己也给路小松一次机会。

“我等你，直等到你死心塌地爱上我！”路小松回信。

“我的心底住着一个人，我想忘记，却总也忘不掉。”格非又回。

等了很久，格非没再收到回信，就在格非悬着的心即将破碎的时候，手机又开始了振动。

格非颤抖着手指打开了短信：“我帮你！”只这三个字，便足以让格非感动到抽泣。

后来，不明所以，格非终于完全接受了路小松，这令当事人格非和路小松都感到惊讶不已。

后来的后来，小梦在和格非的一次聊天中解开了所有未解开的谜。

小梦：“黎昕并不是我的男朋友，也不是什么大学生，他只是一个酒吧驻唱的歌手，我喜欢他，可他并不爱我。他是真的爱你的，好几次，他喝醉酒时都在喊你的名字。当年确实是怕影响你高考，所以才选择了离开。他假装做我男朋友，是为了实现再见你的心愿，更重要的是为了让你死心，他担心，如果你不死心，恐怕就难再接受任何其他的男生，如果真的那样，他也就真的成了罪魁。知道我为什么现在告诉你这些吗？是因为我确信你已经彻底走出了黎昕的影子，爱上了路小松。”

“他为什么不直接来找我？”

“他太现实了，他说你们之间的距离太远了，不是单凭爱情就能简单跨越的。既然明知道是悲剧，那么又为何在等到爱情被消磨殆尽时才无奈回头呢？倒不如就这样，彼此还能有个念想。”

格非沉默了良久，终于还是沉重地点了点头。

“格非，看开点，既然不可能了，就让他藏于心底慢慢变成回忆吧！好好对待小松，他是爱你的。这是黎昕给你的，说是如果日后你知道了真相，就把这个给你听。”小梦说完，递给了格非一个 U 盘。

格非好奇心很重地回到宿舍，急切地打开电脑，插上 U 盘，并顺手戴上了耳机。

哆嗦着手打开 U 盘，格非只看到了一个音频文件。

打开。熟悉的声音便缓缓流淌了出来，是高中时格非最爱听黎昕唱的《白月光》。黎昕的声线依旧那么美，嗓音依旧那么富有磁性，只是，从歌声里，格非听到了更多的深情与岁月流过的沧桑痕迹。

白月光/心里某个地方/那么亮/却那么冰凉/每个人/都有一段悲伤/想隐藏/却欲盖弥彰/你是我不能言说的伤/想遗忘又忍不住回想/像流亡/一路跌跌撞撞/你的捆绑/无法释放

花落梦醒，柯下无良

■ 尹沫痕

一

花梦萝见到柯良是在高一军训的时候，柯良站在露天台上代表新生发言。其实，站在台上的本应是成绩第一的花梦萝，就因为柯良的父亲是 C 市的市长，所以发言权自然而然地落到了柯良头上。

花梦萝是讨厌柯良的，但也喜欢他的外表。与其他男生一样，干净的外表，利落的穿着，可是却带有一种似有若无的、痞痞的味道。

演讲那天，天气晴朗，可是刚演讲不久，一阵风吹过来，柯良手中的演讲稿就被吹下台去，柯良那好看的脸庞瞬时就红了。

就是这阵风，吹得花梦萝心中畅快。

于是，在大家发愣之际，花梦萝不知道抽什么疯，哈哈地大笑几声，然后，在同学们的注视之下离开场地。

后来，给亲爱的柯良同学带来了什么不良影响，自然也就不关她花梦萝什么事了。

在那之后，花梦萝时常听到关于柯良的事情，关于他的喜好、长相、家世背景等，就连祖宗十八代都差点被翻出来。

哦，对了，还有关于他与柳明昭。

二

其实，帅哥和美女在一起本是天经地义的，可是二人中间还有一个花一风，这就不同了。

花一风是花梦萝的哥哥，大花梦萝一岁，高花梦萝一学年。而柳明昭，是花一风的女友，也是花梦萝的初高中同学，外兼死党。

刚开学一个月，柯良与柳明昭的流言就传得尽人皆知。比如昨天一起出现在学校的树林里啦，今天一起到学校啦，或是二人同用一张桌子看书啦，等等，都被传得沸沸扬扬的。可这件事的另一主角花一风却像个没事人似的，什么都不管什么也不问。

花梦萝很好奇，花一风也算是枚帅哥，家里也还算是有钱，可女朋友和别人跑了怎么一点表示都没有呢？

一天黄昏，太阳还未下山，花梦萝、陌依露和花一风在学校后山的枫树林中散步。花梦萝问花一风："哥，你不感觉可惜吗？明昭那么好。"

花一风停住脚步，想了一会儿说："小萝，你说他们在一起会不会超过三个月？"所答非所问。

花梦萝和陌依露没反应过来，花一风已经走了。

"如果，柳明昭和柯良在一起超过三个月，我就和柯良一个姓。"

非常肯定的语气。这才是她哥哥嘛，花梦萝想。看了眼陌依露，叹了口气，拽着陌依露追上花一风。

花梦萝想知道为什么柳明昭要离开花一风，而柳明昭不可能告诉她，不过她也能猜出大概的原因。只因柳明昭初中时对花梦萝说过要扩大自己的交往圈，尽情挥霍自己的青春，然后找个有钱人嫁了。

那时的话语，明知道不可能实现，但还是要放手一搏。毕竟，努力过也就没有后悔。

柳明昭不是个好孩子，花梦萝亦是。柳明昭要扩大自己的交往圈所以不断地与各种各样的人交往，花梦萝是为了自己想要的东西，不择手段。而陌依露，就像她名字一样，那么漂亮。花梦萝能认识她，也纯属巧合，虽然这只是花梦萝自己的想法。

高中的课程是有晚自习的，一直到十点半。学校提供宿舍，四人一间。

开学那天，校园中的花都开着，散发着诱人的香气。陌依露站在大门口，像极了一个洋娃娃，只不过是个悲惨的洋娃娃。她的家人把她送到这就走了，所以她的面前摆着两个皮箱外加一个黑色的大包。也许是刚刚开学的缘故，同学们进进出出也没注意这个焦急等待的陌依露。

花梦萝是被从小一起长大的楚凌炫送来的。楚凌炫也在这个学校，不过，不同班。楚凌炫美其名曰为护花使者，其实，充其量就是花梦萝的免费苦力。

活儿都被楚凌炫干了，花梦萝闲着没事做，到大门口去领一些日用品。想着领完之后找花一风熟悉一下环境，可一回头就被人撞到了，东西撒了一地。那人没停，花梦萝也懒得追。捡起东西后就看到陌依露站在不远处，也不知怎么地，花梦萝很自然地走过去，帮陌依露抬行李。后来据花梦萝讲，可能是当时陌依露的眼神像极了她家的猫咖喱。这个理由气得陌依露不顾形象的在操场上追花梦萝。最后，二人在夜色笼罩的校园中边走边聊着对人生的畅想。

嗯，很巧的是，花梦萝、柳明昭和陌依露在 A 号宿舍楼五零三号房。一个寝室四人，另一个人叫林暮霏，一个不像高中生的高中生。她不经常住在宿舍，所以三人与她也不太熟，但大致也了解一点，因为全校的焦点除了柯良就属她的最多，多半是关于她与汪泽野。

三

七月份的天空，是蔚蓝色的，可 C 市的七月却不断地下着大雨。

花一风的话很灵，就在期中考试前两个星期，柯良与柳明昭分手了。这次的情况有些不同，从未被甩的柳明昭，被柯良甩了。

那天柯良和柳明昭像往常一样在情侣经常出现的枫树林散步，二人打着同一把伞。这时的人很少，柯良毫无预兆地提出了分手，柳明昭愣了好一会儿然后猛地推开柯良，柯良没料到柳明昭的反应会那么激烈，伞被掉在了地上。

路旁被打得呼呼作响的枫叶证明了柳明昭的心情。

“为什么？为什么要这样对我？我哪里对不起你了？”柳明昭歇斯底里地问。柯良倒是很平静，他说：“不是你对不起我，只是我已经很努力地去爱你了，只不过，你，不是她。”

二人被雨拥抱着，柳明昭的泪被冲散在雨里，抽泣的声音传进柯良的耳朵里，那么的无助。二人就这样的对峙着，相对无言。最后，柳明昭跌跌撞撞地跑回家。

柳明昭把自己关在房间里不吃不喝，花梦萝去看她她也不开门。柳明昭哭着写了好多关于她与柯良的过往，以及为什么柯良可以把她伤得那么彻底，那么绝情的抛弃她。也对，他那种视钱财如粪土的公子哥怎么会在一个女人身上花费太多的时间，不过她还是那么的伤心，绝望。

直到最后柳明昭才知道，自己输给了柯良遇到的第一人。

柳明昭因为这件事，还在酒吧泡了一晚上。被陌依露和花梦萝抬出来的时候嘴里还说着胡话，关于自己如何对不起花一风，怎样爱柯良之类的。大概只有花梦萝清楚，柳明昭这次是认真的喜欢着柯良。

花梦萝心里很不是滋味，毕竟，二人的分手自己也有不对的地方。因为花梦萝还是看不习惯柯良与柳明昭在一起的样子，花梦萝一直以为是因为她在网上发表的匿名说说“听好多人说，柳明昭只是玩玩柯良，真可怜柯良啊……”惹怒了柯良，所以他才和柳明昭分手的。她一直以为，柯良那么完美的人怎么会容忍别人的背叛。

就连那时柳明昭和柯良在一起都是花梦萝一手操纵的，因为陌依露喜欢花一风，而那时，花梦萝要与陌依露搞好关系，所以她背叛了自己的亲哥哥和最好的朋友。

花梦萝知道，只有让柳明昭遇到比花一风更好的人，柳明昭才会离开花一风。就这样，在花梦萝的策划下，柳明昭在图书馆邂逅了如王子般的柯良。柳明昭善谈、大方，而且以她的姿色，不可能也不会被柯良忽略，所以二人不久就成双成对地出现在各个场所。

在很久以前，楚凌炫说过：“女生很可怕，但像花梦萝这样又漂亮又聪明的女生更可怕。”

四

期中考试成绩下来的那一天，不用猜花梦萝又是第一名。可这一次，柯良的名字出现在花梦萝的旁边。第一次，花梦萝对柯良的印象改变了。原来花梦萝喜欢的只是柯良的外表，认为柯良只是个花瓶，没想到柯良与自己不相上下。这样，花梦萝有了从未有过的挫败感。仅仅一个小时，班上有关于柯良要取代花梦萝的流言慢慢地传入花梦萝的耳朵里，花梦萝只是淡淡一笑。“天下不可能只是一个人的，就像再辉煌的秦朝也有衰败的一天。”这是那天花梦萝躺在床上对陌、柳二人说的。柳明昭懂花梦萝就像花梦萝懂她那样，她知道花梦萝不可能不把这件事放在心上。

柳明昭问花梦萝柯良的下落，花梦萝顶着严重的黑眼圈告诉柳明昭，楚凌炫找了一伙人把柯良揍了，而自己就在旁边没有拦。当然花梦萝没有告诉柳明昭，为了这件事，自己和楚凌炫吵了一架。

花梦萝也有后悔过，不应该为了陌依露拆散柳明昭和花一风，为了自己的感受拆散柳明昭和柯良。但你们也知道花梦萝心大，后悔的情绪不一会儿就消失了。

花梦萝喜欢过一个人，叫顾凉辰，初中时的学长。曾经为了追他，大雨天去他家送花，他补课时去送便当。但这些都被人拦了下来，一个叫美朵的女生，顾凉辰的青梅。很可爱的女生，笑起来还有两个酒窝，那次花梦萝给顾凉辰送花时，遇到了美朵，美朵知道一些关于花梦萝的事迹，有点怕花梦萝。但她还是对花梦萝说：“花梦萝，顾凉辰太干净，他的未来是被设计好了的。他的父母也不会允许你这么坏的女孩接近他。”花梦萝没话说。

花梦萝见过顾凉辰的父母，都是企业的高管。她想不到，顾凉辰的父母是怎样的爱儿子，才让他不受一丝世俗的影响。她知道顾凉辰是那么干净的男生，不然她也不会喜欢上他。

柳明昭告诉花梦萝，她见到柯良之后，柯良说的第一句话就是，你那个朋友真狠。然后闭上双眼，靠在床头，不再说话。花梦萝知道，柯良说的那个朋友是她。柳明昭还说，柯良那时就像是断翼的天使，坠落到凡间去寻找他心爱的女人，可惜，爱人不是她。

这之后，楚凌炫的母亲给花梦萝打电话，大概的意思就是，楚凌炫好久没回家了。花梦萝没多大反应，反倒是陌依露，催促着花梦萝去找楚凌炫。花梦萝是个急性子，陌依露说她几句就上大街去找楚凌炫了。

一时间她也不知道去哪里找，看到路边新开了家理发店，想想自己打来这个学校就没怎么爱护自己的头发，就从口袋翻出仅剩的360块，蹦跶蹦跶地进了理发店。

从理发店出来，天已经黑了，看了眼手机，一个未接来电，楚凌炫的。花梦萝回拨过去，才接通，刚要开口骂，楚凌炫那小子说了一句："花梦萝，我没钱了，到××街来，请我吃顿饭。"

花梦萝站在楚凌炫面前的时候，像极了女王。花梦萝调侃楚凌炫说："你说你，C市你认识的人也不少，怎么就沦落到这种地步了呢?"

楚凌炫拨弄花梦萝的头发，花梦萝给了楚凌炫一拳说："别乱碰，花了我二百块呢。"楚凌炫嘿嘿地笑了几声，花梦萝瞪了他一眼。

陌依露打电话过来的时候，楚凌炫和花梦萝正被一群人围住。那帮人说是柯良的朋友，他们还说："我们只想教训教训花梦萝这个女的，无关的人少在这待着。"

楚凌炫也不是什么好惹的主，一听说花梦萝要被人欺负，就站在花梦萝的前面。"你们一帮人欺负一女的算什么，要找来找我。"

花梦萝听到这，顿时感动得热泪盈眶。

本以为对方只是吓唬吓唬自己，没想到那帮人就那样冲上来了。慌乱之中，花梦萝的头发不知道被谁扯到了，痛的花梦萝直流眼泪。

花梦萝醒来的时候，在医院里，陌依露和柳明昭坐在床边。柳明昭看着花梦萝欲言又止的样子，知道她想问什么，告诉她楚凌炫就在她隔壁。花梦萝对柳明昭说了句感谢走出了病房。

花梦萝到了楚凌炫的门外又退缩了，但最后还是悄悄地走了进去。

带着愧疚，花梦萝站在楚凌炫床前，楚凌炫被打得鼻青脸肿的，花梦萝心里负罪感满满的。"别看了，再看我就被你眼光射穿了。"

看到楚凌炫醒了，花梦萝本来到嘴边的道歉话都咽回去了，劈头盖脸的一顿骂。

"你说你是不是有病啊，他们是来找我的，你说你一个人逞什么能，他们找完我兴许就能放我走呢，你是不是傻。"说的有些语无伦次。

"一口气说这些也不怕憋死，我不是怕你受伤嘛！"楚凌炫嬉皮笑脸的说完这句话，花梦萝眼眶就红了，眼泪流了出来。

“您老别哭了，我腿脚不好，让我省省心，成吗?”花梦萝看着楚凌炫被包扎的腿，撇了撇嘴。

下手真狠，花梦萝想。擦擦眼泪跑出房间。

听说柯良也在这个医院。

按电视上的情节，女主角的竹马被男主角欺负了，女主角应该气哄哄地冲到男主角房间赏他一巴掌的。可现实就是现实，花梦萝在见到柯良那张脸的时候就放弃了这个念头。

没事长得那么好看干什么，我都下不去手了。这是后来柯良问花梦萝为什么没打他的原因时，花梦萝说的。

花梦萝走到柯良的床头，没头没脑地问了一句：“你喜不喜欢我?”花梦萝愣住了，柯良也愣住了。

“喜欢啊!”表情认真的让花梦萝有点小心虚，问柯良原因。

“窈窕淑女，君子好逑啊。”

“真不专心。”骂了一句，走出了病房。

这一刻，花梦萝的心里是开心的，花梦萝不知道，柯良一直注视着自己的背影，直至消失。

后来，花梦萝想如果陌依露早一点打来电话，自己和楚凌炫就不会出事，楚凌炫就不会住院。楚凌炫不住院，就不会知道柯良喜欢自己，所以心中小小地原谅了柯良。

花梦萝就是这样，没心没肺，前一刻哭得死去活来，后一秒就眉开眼笑。

五

花梦萝外表大大咧咧，其实内心也有不为人知的秘密。

花梦萝是单亲家庭，家里只有父亲，是一家公司的老板。花梦萝母亲是在花梦萝 14 岁的时候出车祸去世的，那时花梦萝刚刚获得数学竞赛的一等奖，而花一风被送到 A 市去读书，听到这个消息要赶回家，花父不允许也就没有回来。花梦萝第一次哭得撕心裂肺。

楚凌炫陪了花梦萝三天，就怕她想不开。可自那之后，花梦萝像换了一个人似的，化妆、喝酒、抽烟，为了想要的东西不择手段。花梦萝的父亲一心只顾公司，只要成绩摆在那，花梦萝愿怎么玩就怎么玩。

花父的公司以诚信为本，所以一路顺顺利利，越开越大，对花梦萝也越加不管。

花梦萝的名字曾在 C 市风靡一时过。原因是在花梦萝母亲走后几天，一个女生不知死活地在花梦萝的伤口上撒盐。那时的花梦萝，还算是个好学生，就和她顶了几句，晚上那个女生就找了一帮人收拾花梦萝。也就是那个时候，花梦萝认识了顾凉辰，顾凉辰看到花梦萝被围着的时候，冲到花梦萝面前，拉着花梦萝就跑。直到二人都跑不动了，坐到路边，花梦萝才知道男生有个很好听的名字，顾凉辰。

就是那个晚上，花梦萝讲了很多关于她家的事，顾凉辰就坐在那儿，听着她说。“呐，你说，人活着是不是很辛苦，就算不管生前怎么风光，最后还是会化成一堆白骨长眠地下，为什么还要那么努力拼搏?”

顾凉辰笑着摇摇头，他从未想过这些，他的父母也不会让他想这些。

第二天，花梦萝带着楚凌炫的那帮兄弟，当着那些女生的面把她们的家砸了。吓得那帮女生连话都不敢说一句。

花梦萝指着人家女生的鼻子就开骂：“你以后说话给我注意点儿，什么叫没妈的孩子，如果你以后再在背后嚼舌根，我让你连你家在哪儿都不知道。”

后来不知道谁报了警，事情闹大了，花梦萝被请到了警局。花梦萝的父亲托人保释了花梦萝。然后回家就打了花梦萝一巴掌，父女俩吵了起来，最后是花梦萝在父亲怀里哭着说别人说她是个没妈的孩子。

也许，是花父对花梦萝心存愧疚，再也没有打过或骂过花梦萝。也是因为这样，花梦萝的名字在 C 市传开了。

C 市有这样一句话，宁可得罪全世界，也不能得罪花梦萝。

花梦萝没让他父亲失望，在以后的日子，各种各样的荣誉证书被花梦萝收入囊中，人们对花梦萝的印象也渐渐好转。可是，花梦萝忘不了那天那个

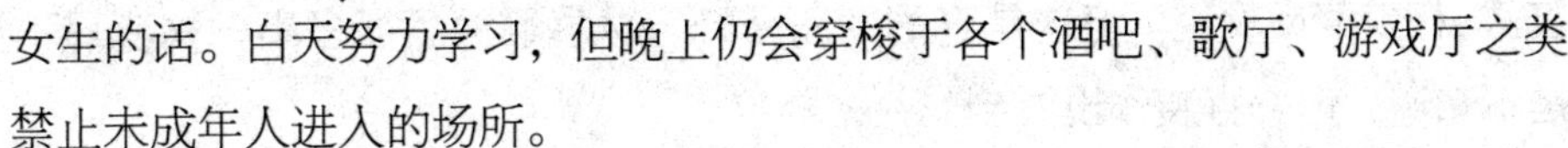

女生的话。白天努力学习，但晚上仍会穿梭于各个酒吧、歌厅、游戏厅之类禁止未成年人进入的场所。

六

林暮霏与花梦萝成为朋友就是在一个酒吧里。那天，林暮霏不知道怎么惹到一个男人，那个人不依不饶的，花梦萝就在不远处坐着。

花梦萝对林暮霏讲自己之所以救她只是因为那个男人猥琐的眼神让自己感到反胃。

所以那时，一个杯子就飞了过去，然后站在那个人面前，那个人看到花梦萝一个小女生顿时气焰升高。

林暮霏反应过来叫了花梦萝名字，那个人听到花梦萝名字后向后退了两步，然后转身跑出了酒吧。

捡起林暮霏和那人拉扯时掉下的钱包，里面掉下了张照片，花梦萝捡起来，愣了两秒。

呵，柯良的。

花梦萝摇摇头，林暮霏难道也喜欢柯良？

林暮霏拿过照片，笑了下。花梦萝说："林暮霏，以后你不要来了，这里不适合你，汪泽野他，还是喜欢你的。"

林暮霏自嘲地笑了："高中生谈什么爱不爱的，况且，我还有资格让他喜欢吗？"

话虽这么说，但二人还是成了朋友。不，是四个，还有陌依露和柳明昭，而且林暮霏住宿的时间也越来越长。

后来，再见到顾凉辰已经是接近毕业了。

花梦萝坐在靠窗的位置把玩着橘子，美朵挽着顾凉辰经过，笑得格外灿烂。花梦萝看着二人的背影，眼眶红了。

林暮霏向窗外看，像是自言自语地说："人总是看得清别人，看不清自己。唉——梦萝，你说，喜欢你的人会不会很辛苦。"

花梦萝一个橘子扔了过去，林暮霏躲过。"我看喜欢你的人才会很辛苦。”花梦萝反攻说。但这是真的，汪泽野为林暮霏做了很多事，林暮霏不是不知道，但一直装作没看到。

到最后，在汪泽野的猛烈追求之下，林暮霏还是和汪泽野在一起了。可是陌依露没有追到花一风。

花梦萝问花一风原因，花一风就扔给花梦萝仨字“没感觉”。

在那一晚，花梦萝躺在床上对柳明昭说让她还是和花一风在一起。

花梦萝知道，这也许会伤害到陌依露，但是自己太对不起柳明昭了。

考试后，花梦萝还是一样和柯良并排第一，但二人的关系已经好多了，花梦萝到底没有追究柯良出手收拾自己的事。

七

柳明昭成了花梦萝的嫂子。

花一风在花梦萝踏上火车的前一天，找花梦萝谈心事。他说：“其实，我知道都是你设计好的，但是，你是我妹，我不怪你。”

花梦萝觉得自己以前做的事太过绝情，所以要出去闯荡一番，为自己赎罪。所以，高中毕业之后，花梦萝踏上了去各地旅游的路。

柯良在高考之后的一天中午约花梦萝到 Alice 花园，那里是真正的花的海洋。每天那里都会有很多人，大多是看景的。

柯良也许不知道，Alice 花园埋葬着花梦萝的母亲，那里只有一个墓碑，因为 Alice 花园就是花父为了花母而建立的。没想到花母最后落身的地方就是这里。

但是，很多人只把这里当做旅游景点。

现在正是夏天，有很多的蝴蝶围绕在二人身边。

花梦萝折下一朵自己最喜欢的雏菊，笑容灿烂地说：“柯良，你说，我会等到把我当做心中唯一的 butterfly 的那朵花吗？”

柯良只是苦笑，并没说话，想挽留的话没有说出口。

八

走的时候，花梦萝没让任何人送，她最受不了的就是分离。

在火车上回想以前，花梦萝认为，和柯良在一起的那天，她的笑容是最真诚的。也许那时，放下了一切所在乎的人或事。没有分数，没有荣誉，没有争夺。

哦，对了，花梦萝还是和柯良的分数一样，C 市第二名。

其实，如果那天，柯良开口挽留花梦萝，花梦萝一定会不顾一切地留下来。

而现实，柯良一直站在花梦萝身后，看着花梦萝一步一步地走上火车，始终没叫住花梦萝。

我们就是这样，错过，相遇，错过，始终不曾停留。

我曾经这样偷偷爱过你

■ 佚名

1995年，17岁的我爱上了彭加怡。那天他是被班主任带进教室的，介绍说，我们的新同学，彭加怡，从青岛来。在彭加怡之前，我对青岛的印象那样渺茫，甚至只知道中国有这么个地方，但彭加怡来了以后，我天天在地图上看青岛，那是个美丽的海滨城市，那里有蓝天白云，我搜索有关青岛的一切线索。

他身材颀长，嘴唇很薄，在那个春天的早晨，显得分外清凉。那天的晨光很好，在我抬起头的一刹那，他刚好看到我。那个笑，是给我的吗？

他坐在我后桌，我感觉后背有微热的目光传来，我闭上眼一看外面，春暖花开，鸟语花香。

那时，我们还有五个月高考。

所以，我只有暗恋。

第一次模拟，他远远超过第二名50分之多，让人羡慕得发狂。我没有那么高的智商，只有作文是强项，数理化我总是挂红灯。

如同我的长相，与他站在一起，更显出他的英俊。所以，我们之间的距离是30厘米，但心的距离却是千山万水。

但谁能阻挡我的喜欢？我就这样放肆地喜欢着。如果他来得晚，我会替他擦干净桌子；如果他有事请假，我会那样不安；如果他回答错了问题，我都会替他紧张。在很多个黄昏，他会一个人去露台上站着，我远远地看着他，风吹起他的白衬衫，像一只鸽子。

那时，学校的广播站，我曾经点过一首《粉红色的回忆》。我的好友张洁仪在那里是站长，我走了后门。当然不能说送给他，我只说，送给一个朋友。是韩宝仪的一首很老的歌，但在那个初夏，我的心里话就是那些简单而充满粉红的歌词……我爱上一个男生，而我依然是独来独往，性格怪僻，不与任何人交流，是个难以沟通的女孩子。

我背着长长的书包，不像别人那样用功，依然写着小说，但我的心里，已经是千树万树梨花开。因为我日记中的名字，全是一个人：彭加怡，彭加怡。

1995 年夏天结束之后，彭加怡考入青岛海洋大学，我去了石家庄一个普通的财经院校。从此，隔了千山万水。

毕业册上有他的简短留言：祝你前程似锦，不辜负似水流年。与别的同学，并无二致。而我费尽心机，在他的留言册上只写两个字：安好。

张洁仪也在石家庄，这个名噪一时的校花只考上了大专，我们常常聚在一起，从她嘴里，我能听到彭加怡只言片语的消息。

原来，他们一直有联系。

我从张洁仪那里得到地址，写信过去，寄往青岛海洋大学。虽然只是回忆我们前后桌的许多光阴故事，但若是有心思的男生，一定会明白那封信的心意。

那封信，我写了又写，撕了又撕，等我封上信寄往青岛以后，我的心，便高高悬挂于空中，等待着最后的裁决。

我，不想错过自已的爱情。

整整十天，我每天去信箱里看信。每天都有好多信，刚上大学的人，有着写信的狂热。只有我，依然没有朋友，没有人给我写信，我也不给任何人写信，彭加怡，是唯一的一个。

又是十天过去，我没有等到任何消息。

张洁仪在周末还是会准时出现在我的宿舍门前，喋喋不休地说着与彭加怡有关的一切，他们的爱情似乎已经初露端倪。

祝贺你，我说。

那个冬天真是长，长得好像永远也过不完，过了冬天，我就 18 岁了。

再见，彭加怡。

那天天下着大雪，我在雪中走着，一边走一边掉眼泪，寒冷的风很快吹得我的脸针扎一样疼，眼泪在我 18 岁的脸上纵横驰骋。

后来我蹲在雪中放声大哭，彭加怡，你怎么可以这样？

1999 年春，我见到彭加怡。

这是分开三年半之后我们第一次见面，彼时，我已经长高三厘米，一米五九的女生变成一米六二，我穿上六厘米的高跟鞋，刚好到他的耳朵。有人说，这样比例的男女，接吻应该是最舒服的。看到彭加怡的第一眼，我居然想到了这样的事情。

其实我是偶遇彭加怡。

我们学校附近的小酒吧门口，我正在去赶 14 路车，准备到市里买些考研的书，在等车的五分钟内，我抬头，看到在一棵花树下站着的彭加怡。

如三年前一样，他依然明朗英俊得让人炫目，如一道阳光刺伤着我。

我失声叫了他的名字。

他笑着过来：没想到遇到你。

如果他不说这句话，我会以为他为我而来，或者骗骗我也好，他来找张洁仪？张洁仪离我有一站地之远，但他说，没想到遇到你。

我尴尬地笑笑，是啊，没想到。

那是我们第一次说话，都用了“没想到”三个字。

我放弃了去市里的打算，陪他去找张洁仪，那一路花开得美，多年之后，我总想找个那样的春天与之媲美，但比来比去的结果是无法比较。

我们第一次离得这样近。有五厘米吗？我能听到他的呼吸，闻到他的衬衣里散发出的薄荷气味。

找到张洁仪之后，他唤来很多老乡，那天晚上，大家去喝酒，我是唯一一个沉默的人，坐在角落里看着他。第二天，我去广州实习，甚至没有和彭加怡说再见。

那年，我留在广州。这个没有四季的城市，它的繁华，我的孤独；它的浓烈，我的素白。

青岛，成了魂牵梦萦的地方。

2000 年时，出差到了青岛，我一个人沿着大街小巷不停地逛着，这里曾经是我多么迷恋的地方，但我却没有勇气来这个城市，停车暂且问，或恐是同乡。

多想，就在拐角处，或者在热闹的五四广场上突然遇到彭加怡。

那时，我会当面告诉他，彭加怡，我多么喜欢你。不，我多么爱你。

站在海边，我一个人看着远方的海水，刹那间眼泪就下来了，彭加怡，你在哪里？

那时的彭加怡不在青岛，他去了上海，据说在一家德国公司做助理。

2001年，我去上海，你知道的，我为寻彭加怡。

彼时，我已经不是17岁的少女，我穿宝姿女装，用兰蔻粉底，我出现在金茂大厦88层喝咖啡时，没有人相信我曾经是一个丑小鸭。

可是我依然自卑而内向。

因为没有那个男子的肯定。

直到2004年10月，在一个宴会上，突然听到有人提到他的名字。

我走过去，问他，你认识彭加怡吗？

他转过头来，我们上个月刚刚喝过他的喜酒。

那一刻我觉得有什么哽住，我总在等待那一天，我和他相遇，然后彼此倾心，或者他一直是一个人，从来没有女人在身边。

那天晚上，我不停地喝，我哭着喊一个人的名字，跑到露台上看着上海的夜色，觉得那么难过那么悲伤那么绝望。

再见，就隔了六年，2005年5月，高中同学聚会。

提前问了张洁仪谁会去，她说了张三李四王五马六，我支着耳朵，只想听一个人的名字。

果然有他。

他又调到新疆总部。同学中，有五分之四结了婚，他是五分之四中的，我是五分之一里的。

他坐飞机往回赶，彼时，我已经和同学们喝得微醺，大家开着或浓或淡的玩笑，所有人，他是最后一个进来的。

背着黑色的旅行袋，脸色晒得如同袋子一样黑，然而，他的眼睛还是那样明亮，身材一如从前一样挺拔。

他恰恰坐在我身边，被男同学围住喝酒，问他为什么这么晚才来，理应要罚。

罚得他真惨，只一个小时不到，他便醉倒了。有人开始唱歌，有人开始张罗打麻将，只有他，突然来到我身边。

小薇。他叫我。

这是他第一次叫我的名字，我浑身颤抖着，如电流击过，双手如十年前一样发着抖。

他看着我："我要告诉你一件事，小薇。"他说。

我看着他，我们四目纠缠，十年来，我们的眼睛第一次这样固执地纠缠在一起，没完没了，地老天荒。

他忽然笑了，叹息了一声，为什么你总离我那么远？那年，我去石家庄是找你。我在你学校门口转悠了三个多小时了，如果不遇到你，也许我就去宿舍找你了。

我内心如五雷轰顶，刹那间的一声惊雷证明了一个事实，当我为暗恋的人痴狂时，他亦在为我相思。

我，我张口结舌地说："彭加怡，我曾经给你写过一封信。"

"啊？"他说，"我从来没有收到过你的信。"

我复述了地址，我一辈子忘不掉的地址，光明道13号。

"不，"他笑着说，"是14号。"

我呆了。张洁仪告诉我错了，抑或，她根本是故意的。

"此情可待成追忆啊。"

"来，我们喝一杯酒。"彭加怡盯住我。

"好。"我眼泪在眼中，只是哽咽到不能呼吸。

他轻轻地问"你喜欢过我吗？"

我看着他，久久地，然后轻轻地摇了摇头，我和他是平行的两列车，已经错过。

那天晚上，我忘记是怎样离开他回到酒店的，他乘第二天一早的飞机又回到了新疆，他的妻，就要生产了。

我于当天下午回上海，在飞机上，我打开自己的钱夹，那里面有一张黑白照片，依然青春永驻，依旧是玉貌朱颜。

17岁时，那是我从他学生证上偷下来的照片。

"彭加怡，我曾经这样爱过你。"我轻轻地说。

陆小柒和夏陌陌筑起了一座城池

■ 默默

楔子

四月的天气还不炎热，夏陌陌走在上学的路上，去学校的路上要路过一片香樟林。零星的阳光洒在夏陌陌脸上，透明的可以看见毛细血管，那样红那样亮。陆小柒在前面跨在车上，若无其事地等着。

夏陌陌向前望去，白皙的皮肤，一双明亮清澈有着淡蓝色的眼睛，射出柔和温暖的光芒，鼻梁挺直，乌黑的头发又明又亮，闪烁熠熠光泽，嘴角微微上扬，像盛开在夏日里的茉莉花，那样淡，那样雅。

“给你。”陆小柒递给夏陌陌一瓶热牛奶。

“嗯，等多久了?”夏陌陌接过牛奶喝了起来。

“没，上车吧，要迟到了。”

“嗯。”夏陌陌麻利地跳上自行车的后座。

夏陌陌和陆小柒从小学开始就是好朋友，又是邻居，每天一起上学放学，直到高中。

一

陆小柒学习一直很好，每次考试都排在年级第一，是许多人可望而不可即的。比如我。

每次我的成绩考砸时，母亲就扯着嗓子喊，人家小柒怎么就不和你一样？人家怎么次次考第一？每当母亲教训我时，陆小柒透过窄窄的窗户向我招手，趁母亲走开时，陆小柒就会拉着我的小手朝外面跑。

"好小子，不错，姐姐记你一大功。"接着就在他的头上重重敲一下。

陆小柒一脸无辜地望着我，好像没有反应过来，一会儿破口大骂："夏陌陌你个泼妇，以后肯定没人娶，等着让野男人打死吧！"

每当陆小柒说完这些，我都会狂笑不止，然后拉着他的手奔跑在蜿蜒曲折的小河旁。

夕阳洒在我们的脸上，小河闪烁着的波澜印出两张稚气而又天真的笑脸，清风吹起，两张笑脸渐渐消失在斑驳的晚霞……

二

然而事情却不像陆小柒所说的一样。我十五岁那年便谈了一次恋爱，后来也陆续谈了几个，而陆小柒除了保持他惊人的学习成绩外，其他的发生了翻天覆地的变化。他在也不是嗲声嗲气的陆小柒，洁净白皙的脸上不再是一马平川，开始长青春痘了，下巴也长了一些胡茬，身体修长，时常穿衬衣，远远望去，成熟了不少。他再也不会牵我的手了，只是每天还载我上学放学。

有一天我妈问陆小柒："我家陌陌是不是在谈恋爱？每天起来都要照半个小时镜子。"而陆小柒却平淡的出奇，轻描淡写地说："没有，绝对没有，陌陌整天都和我在一起，怎么会呢？"原本母亲阴云密布的脸立刻雨过天晴，嘿嘿对陆小柒笑着，笑得比花还灿烂，我在阁楼上听得直发麻。

后来妈问我："陆小柒会不会早恋呢？""妈，这么关心他，到底谁是你孩子？"说着就往妈胳膊上使劲一掐。"你个死丫头，问问怎么了，他那么优秀，应该有不少女孩追呢！""我的亲娘啊，我看您老是看走眼了，他眼睛又小，鼻子又塌，平时又不爱说话，就算全世界男人都死光了，我也只能和他做哥们儿。"

母亲只是摆摆手，什么也没说。

那个夜晚月光通亮，没有一丝风。

隔壁的张婶告诉我，不知道为什么，陆小柒站在我家楼下，莫名其妙地哭了起来，然后跑开了。我说肯定是被哪个纯情女生给打击了吧！

之后，陆小柒再也没有送我上学，再也没有联系我。

三

填高考志愿那天，陆小柒找到我，请我喝了一大杯可乐，他问我填哪里，我良心不安，就告诉了他。他只是微笑，说丫头也知道朝省会跑了，呵呵。

一个月后，我在一声声咒骂声中被吵醒，陆小柒的父亲斥责他："你个败家子，你为什么不填清华北大？那个省会有什么好？啊，我们辛苦一辈子就希望你考上清华北大，你倒好，看看这是什么学校，我是不是哪辈子欠你的，你真是气死我了……"陆小柒什么也没说，眼睛里装满了泪水，跪在他父亲面前。

我跑过去，一手拿过录取通知书，好熟悉的名字，这不是我将要去的学校吗？"你个混蛋！"我一把把通知书摔在他脸上，跑了出去。

我不知道我跑了多久，我呆立在小溪旁，我似乎明白了什么，我不敢去想，更不敢去揣测。太阳徐徐升起，映出一道道红晕。

即便如此，我知道，我与他将要去一个陌生的城市……

四

在新的学校里，虽在同一个学校，但陆小柒在优秀的北校，而我，在破烂不堪的南校，很少能碰见。

半年后，我又交了一个男朋友，这样，对于我和陆小柒，也许是一种解脱。男朋友对我很好，我以为这样就可以过一辈子。

星期四下午，男朋友叫我星期天晚上去看电影，我答应了。我闲来没事，看看星期天晚上穿什么，可是翻了整个衣柜好像也没有好看的……

"嗯，买一件吧。"

我走在大街上，寻找着自己的猎物，好像每个人都藏着心事一样，微风徐徐吹过，略带一丝凉意，我加快了脚步。

以前陆小柒都会陪我的，陆小柒，在干吗呢？想我了吗？

怎么会想他？真不明白。

慢慢的，不知道逛到哪里，前面橱窗里面，出现一件淡蓝色吊带衫，远远望去闪烁着着淡蓝色的荧光，脱俗而时尚，优雅的矗立在橱窗里。

我走过去，额，4位数，真够贵的。不过我真的好喜欢，穿在我身上应该很好看的，数数钱包，纠结，只有3位数。唉，算了，回家吧，逛了半天也没有看见好看的，唯一一件好看的吧，又太贵了，我摸了淡蓝色衣服，恋恋不舍地回家了。

翻出所有的积蓄，还差600块，怎么办？后天就星期天了，而我却没好看的衣服，要不向同学借吧。翻了通讯录好几遍，都没看见可以借的。

陆小柒，还有他，他对我这么好，一定会借我的，可我怎么跟他说呢？骗他说钱掉了吧，嘿嘿，那傻小子肯定会信的。

熟练的打上一串数字，很久没有打了吗？

“喂，陆小柒吗？我是夏陌陌。”我抽噎着说。

“陌陌吗!？真的是你？你怎么了？”

“嗯，我在A城，我的钱掉了，我回不来了，你打600块给我好吗？”

“你等着，别害怕，我马上打给你。”

半个小时后，手机收到一条短信“尾数×××收到来自尾数×××的700元整……”

为什么是700？这个傻瓜……

第二天，我买回了那条淡蓝色吊带衫。

晚上，陆小柒说星期天来看看我，我说好。陆小柒什么都没说，只是沉默……

星期天一天，陆小柒没有来找我，我踌躇着晚上的电影。

晚上时候我打扮得很漂亮，男朋友叫我在电影院门口等他。我穿着的淡蓝色吊带衫站在电影门外形成一道华丽的风景线。

一个小时过去了，两个小时，三个小时……电影院的人走了又停停了又走，散场电影一部接着一部。他，还是没有来。

天空下起了小雨，我站在树下，看着过往的情侣一对一对，如果陆小柒和我一起，该多好……为何现在我还会想他？

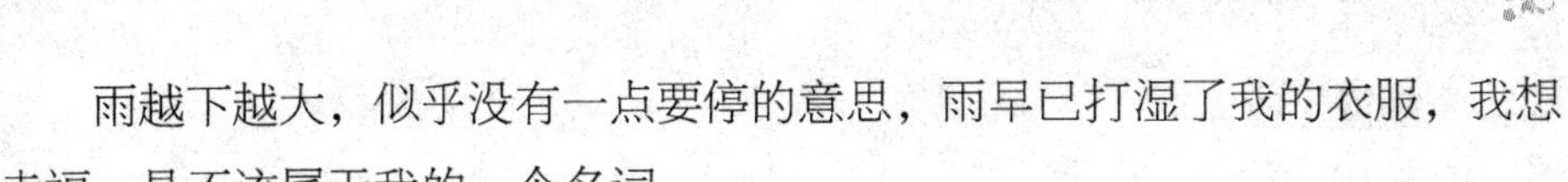

雨越下越大，似乎没有一点要停的意思，雨早已打湿了我的衣服，我想幸福，是不该属于我的一个名词。

哦，雨停了。

我的头顶出现一把伞，是他吗？我把头一栽进他怀里，狠狠地哭了起来……好熟悉的味道，我抬起头，是陆小柒。

五

周四的下午，风和日丽，我正在洗衣服，陆小柒骑着单车兴致勃勃在楼下叫我。

“陌陌，陪我去看海好吗？”

“算了吧，海有啥好看的？不就几片沙滩几个贝壳，至于吗？”我一边晃悠着衣服一边对他说。

风呼呼吹着，陆小柒低着头，没有了生息，这是我第一次拒绝陆小柒，我是那么的口是心非，那么的不心甘情愿。可是，他是不该属于我的，他应该有一个漂亮的女朋友，我必须跟他摆明，不能再耗费他的青春。倘若换了别的男生，不管是谁，我都会陪他去，可对于他，我始终狠不下心来，我总觉得自己亏欠他什么东西，如今只得用这样的方式来远离他，好作为补偿……

过了好久，我都没交男朋友，我每天下午都会站在阳台上，怀念陆小柒来找我的那天，我甚至开始想念他，可是，陆小柒再也没有找过我。

有时我在想，是不是自己曾经深深地喜欢过他？要不然怎么会这么在乎他的幸福？我时常这样想，却始终没有结果。

这样对他，是对的。

半个月后，陆小柒发短信告诉我他交了女朋友。我本以为我会很高兴，却怎么也高兴不起来，像是失去了什么似的。

半天后我回他：“小子不错啊，这可是你的初恋，好好把握，哪天给姐看看啊。”短信那头，死一般的沉寂。

接着，有两滴温热的泪如锋利的刀一般，顺着我的眼睛朝外流淌，将我

的脸庞割得生疼。

六

后来我回到家乡，这里早已变成花园，而香樟林却还在，只是当年给我热牛奶，送我上学放学的男孩早已不在。

拿着妈给我的地址找到了家，回家我仓皇无措地问她："陆小柒他们家呢？是不是也和我们一起？"

她说："没有，他们家买了新房，离我们家很远很远。"顿时，我觉察到了一种破空而来的悲号。我惊觉，我与陆小柒的距离，已不仅仅是一座城池那么遥远。

七

这几年，我虽在谈恋爱却在苦苦地等待。我以为，有的时候，爱情就像言情小说里写的一般，百转千回，他终会再从南区骑着脚踏车，风尘仆仆地来北区找我。如同当日一般，傻傻地站在楼下。

故事，并不是我想象的那样。当我把三年专科念完，都没有等到陆小柒的消息时，我觉得，我该去为这场荒唐的错误挽回些什么，我明白我是爱他的。于是，第一次主动骑着脚踏车，从南区的大街，逛到北区的小道。

我费了好大力，终于找到他的学校。这是一所封闭式的学校，进出都很严，我找到了陆小柒的教室，但许久都没见他的身影。

"同学，请问一下陆小柒在哪？我是他女朋友，找他有事。"

"陆小柒？三年前就没读书了，你是他女朋友也不知道吗？"

"啊!？为什么没有读了!？为什么？"

"三年前的一天，他接到一个电话，好像是谁跟他借钱吧，他直接跑了出去，老师叫他也不听。后来他想出学校，保卫科死活都不让他出去，他就和保卫科的打了起来，他的头被打出了血，最终，他还是跑了出去，当时真不知道他是怎么想的，后来学校因他性质恶劣，再也没让他回来读书。他现在好像在 C 城当家教吧，多好的一个学生啊，将来肯定是个人才，可惜……”

是我那天吗？为什么？为什么老天会这样对我？是我害了他吗？是的，是我，都是我……

八

我去了 C 城，找到了陆小柒的工作地点，我在他楼下等着，三年没见，心里百感交集，他是否还没变？不久，陆小柒从楼上下来，他还是没变，只是多了几点沧桑，恍然看到一位长发披肩的女孩挽着他的手臂，悠然地从那头走来。

女孩甜蜜地笑着，不停地在陆小柒身边说着什么。顿时，我像一只失魂的仓鼠，背过头，狼狈地在小路上逃窜。我使尽一切办法，尽快地离开他的视线，不想让他看出，眼前这个风尘仆仆的俗家女子，就是昔日让他甘愿放弃一生前途而去追随的青梅竹马。

青春像一场闹人的电影，想当年，我是那么风光，一场接一场地恋爱，一个接一个的追求者。如今，却是一寸相思千万缕，人间没个安排处。原来爱情，不会等待着谁，只有谁，没有好好珍惜爱情……

那便是我和陆小柒最后一次见面。

九

风在跑，海在笑，若我当初肯明了。

曾记得，夏末，有一道苦涩的风景，为我停留……

日光微凉

苏小小的二三事

■ 柒色

一

这个冬天来的异常的缓慢，却也是异常的冷。

早就该知道，这么缓慢到来的冬天，定是与往年不同的。就好似已经暖和了太久，冬天便故意潜伏已久，要给大家彻彻底底的冷一番。在大家冻得嘎嘎叫，唧唧歪歪时，唯有苏小小很冷静，像是她早就知道了会这样似的。

“小小，你的信。”

“谢谢。”

苏小小一看地址，北京，一个陌生的熟悉的城市。陌生，是因为苏小小没去过；熟悉，是因为那里有她熟悉的人。

与其说是一封信倒不如说是一幅画来的比较贴切。

“北京，初雪”——偌大的操场上空无一人，漫天飘着的雪花覆盖了一切，篮球架上积满了厚厚的白雪。好大的雪，好白好白。

苏小小想要和吴宇在这样洁白的雪地里留下一排脚印，那是多么令人幸福啊。

球场边上有一颗突兀的树，不是很明显，与这样美丽的场景显得格格不入。它不像其他的树被积雪压得摇摇欲坠，它的树枝张牙舞爪地展露在凛冽的风雪中。小小顿时敬畏起这棵树来，盯着它看了好久。

沫沫把头往这一凑：“哇，苏小小，你盯着它看了半天了。走，打饭去了。”

沫沫瞄了一眼，好奇怪的树，灰突突的颜色毫无光泽，树枝就像伸向空中的爪，似乎要去抓住某种东西，怪恐怖的，看得人不寒而栗。她倒吸一口气，打了个冷战，然后微微地一叹气，像小老太太一样语重心长地对小小说："苏小小，你就是与常人有别啊！"

南方的冬天其实也很冷，但是对这个下一场雪都成了一种奢侈的南方小镇来说，吴宇的冬天才是冬天，那里还有一棵突兀的树。不知道为什么，苏小小的脑子里总是会出现这棵树，就像吴宇总是会出现在她脑子里一样，这种出现总是突然而至，从来都不会事先跟她打个招呼。

苏小小缩了缩脖子，加快了步伐。风从她的脸颊刮过，她说："沫沫咱们去买个口罩戴着吧，印有阿狸的那种。"

沫沫很无奈地说："苏小小，你能不能不那么幼稚？"然后老天很无情的开始飘起雨点。苏小小心里想，飘的为什么不是雪花呢，苏小小还想，那么冷的天，吴宇是需要一条围巾的吧。

苏小小也不问吴宇有没有围巾，就自作主张的给他织起来。她觉得吴宇是没有围巾的，她一向这么相信自己的直觉，不管是对还是错。

她挑毛线挑了好久，挑颜色，挑质地。她想要织出一条满意的围巾，一条吴宇喜欢的围巾。围巾真的很难织，特别是对于苏小小来说。织了三天的毛线，才那么一点点。她把这项伟大的工程从寝室挪到了教室。大冬天的自习课上，那些低着头的女生多半就是在织围巾。大家织的好不亦乐乎，面前是叠的像小山一样高的书，还有做不完的卷子，但这些都阻挡不了冬天时女生织围巾的热情。

脖子酸疼时苏小小会抬起头舒口气，这时候她会想，如果老妈现在看到她的乖女儿不是在老老实实地做试卷，不是在拼了命地复习，而是在这里织着不成形的围巾，会不会气到肺炸，然后说："苏小小，你不读书也罢了，连围巾都能织成坐垫，你太丢你老妈脸了！"

事实上，如果苏小小不说，没有人会把她手上的那一坨毛线与围巾联想在一起。

沫沫说："苏小小你是在织坐垫吗？劳驾给姐姐织一块，板凳又硬又窄关键是那么冷。"

苏小小说："李沫沫你不要给我捣乱，这是给吴宇的圣诞礼物。"

"那坐垫也是我的圣诞礼物好了，对了，给我织个阿狸上去好了。"沫沫一边做试卷一边漫不经心接着说，“拜托，像吴宇那种大帅哥指不定围巾一箩筐了，还是多做做试卷比较实在。”

沫沫白了苏小小一眼，然后继续埋头刻苦的和试卷打着交道。

这一年是万恶的高三，大家都在为梦想而冲刺，在为高考而卖命。苏小小用卖命的时间织着一条不像样的围巾。

沫沫用笔戳着苏小小，轻声嘀咕，老班来了，老班来了。苏小小吓得把手里的“围巾”使命的往抽屉里塞。可是她用尽了力，也塞不进去，只得用肚子把它给稳住。下午最后一节的自习课，老班是要例巡教室的，高三的学子总是让人不省心。他走到苏小小旁边的时候，苏小小总觉得有种不祥的预感。还好一切平常，小小这才松了一口气。哪知就是这松气的空当，毛线球很不争气地滚到了地上，咕噜着滚到了老班的脚边。

“苏小小，你给我出来！”老班的眼睛真的很大，平时苏小小还真没发现。“不好好看书，你拿个毛线干什么？知不知道现在是非常时期，你正面临着高考，大学在等着你。”苏小小低着头一言不语，她的下巴快要碰到校服的第一颗纽扣了。“回去！”好在老班没有把她的围巾扔进垃圾桶，倒是小小自己有把它扔进垃圾桶的冲动。她不知道是哪里来的火，然后把毛线和毛线针一通乱的塞进抽屉里。当时的她不知道，吴宇给她寄的画就在抽屉里，此刻已经变了形。

二

时间过得太快，苏小小的围巾都还没织完，寒假就要到了。吴宇也就要回来了。

吴宇回来的那天，连续下雨的天气居然莫名的晴了。大大的太阳暖洋洋地照在小小的身上。火车站好多好多的人，一眼望去小小看到的都是头，她看不到吴宇。小小踮起脚尖的往里张望，怕错过了这个许久不见的少年，她极其想念的人。

就在她东张西望的时候，后面有人拍了拍了她的肩。小小满心欢喜地扭过头，吴宇！在看到眼前人的那一刻，她失望了，从失望转向悲伤然后再绝望。是林思思，吴宇的前女友。她还没来得及反应，吴宇就小跑过来了。

眼前的少年，似乎成熟了那么一点点，头发也长了一点点，还更帅气了一点点，笑容依旧。金黄色的阳光洒在他身上的时候，余光刺到了小小的眼睛。

他们三个人一起离开了火车站，一起坐上了出租车。林思思坐在司机旁边，小小和吴宇坐在后排。出发前的满腔热情，早已退去。气氛安静的可怕，至少小小是这么觉得的。从上车到下车林思思一直是扭着头跟他们聊天。小小心里一直嘀咕，林思思，你的头会不会就这样断掉，难道你就不累吗？当然了，这样的话她只能在心底默念。

"小小，压力大吗？"

"啊？"

面对林思思突如其来的问候，小小显得很不适应。

"还好吧，就那样。"小小一贯的回答。林思思和吴宇继续聊着大学生活的种种。苏小小干脆看着车窗外的世界，任由他们聊着天，那是他们的世界吧，她不想参与，也参与不了。更何况一个是前女友，另外一个是还不明确是否是女友的苏小小。

三

其实小小也可以和他们一样，谁让自己那么倒霉呢，偏偏在高考前的一个月从楼梯上滚了下来，万幸的是摔断了一条腿，打了一个月的石膏，不幸的是她被迫休了学。然后一堆烂事就开始跟她摊上了，住院，打石膏，休学，看不到吴宇，吴宇有了女朋友。

那天小小半死不活地坐在轮椅上，在医院小草坪边上晒太阳，她喜欢被太阳晒，晒到感觉头发都要冒油了，她享受着这样的过程，温暖而宁静。苏小小有时候就是这样的邋遢，邋遢到自己都嫌自己脏，可是她喜欢吴宇叫她小邋遢鬼。想到这些，苏小小脸上的笑容逐渐荡漾开来，像一朵正在破骨儿的花。

也就是在这个很是惬意的早晨她看到了很不惬意的一幕。同学们来医院看望她，她就那么很不碰巧地瞄到吴宇和林思思的小手勾搭在了一起。然后她的心就拔凉拔凉的，碎了一地。她头一撇，眼泪不争气地滚了出来。她说："李沫沫你碰到我的腿了，疼。"倒霉的沫沫那时候刚好坐在床沿上，刚好是打着石膏的这边。因为这个事件一度成了沫沫迁就小小的理由，可怜的沫沫实在想不通，腿是被石膏包住的，她只是碰到了石膏而已嘛。

小小的腿都还没好利索呢，高考就结束了。

班里聚会的那天，苏小小醉了，她哭了，哭得好伤心。她冲着吴宇喊："你不知道我喜欢你啊，我喜欢你三年了，你不知道啊，你装啊，你不知道你干吗时不时送我你的一小幅画啊，你不知道你干吗送我CD啊，你不知道你干吗帮我辅导数学啊，你不是在耍我吗?"然后哭得昏天黑地的，任由李沫沫怎么劝都止不住。然后李沫沫就生拉硬拽地把苏小小带离了包房。她们走的时候，还有好几首点了没有唱的歌，其中一首是孙燕姿的《我不难过》，这是苏小小点的。

她直嚷嚷："我的歌，我的歌，我没醉！我不难过，可是眼泪会流，我也不懂，就让你走，让我开始享受自由……"

吴宇拿到通知书的那天，他约了苏小小出来。他说："小小，我和林思思分手了。是她追的我，因为高三，我也不想她因为失恋耽误了学习。你知道的，失恋很可怕。"苏小小想，是啊，失恋真的很可怕，像是世界末日一般。这世界末日都来了，你还谈什么学习，还考什么大学。然后她就觉得吴宇真好，救人于浮屠。

"那现在呢?"

"说清楚了。"

"哦，这关我什么事?"

"我觉得有必要让你知道。"

吴宇也没有征求小小的同意就径直拉起小小的手。

苏小小的早恋就这样开始了。在高考结束之后，吴宇踏入大学校门之前。

四

沫沫说，苏小小，你不觉得你这个恋爱谈得有点荒唐？吴宇就不是什么好人，长得帅有毛作用，就你这样的花痴才会喜欢他。

小小说，沫沫你当真还要再读一年？

李沫沫很肯定地点了点头，嗯。

“师大也很好了，沫沫……”

“你知道的，这是他的心愿，既然他完成不了，那么我必须帮他完成。”

苏小小不敢再说下去了，那么坚强的沫沫，此刻显得那般孤单无助。沫沫的伤疤啊，连看一看，小小也会很疼很疼，既然她都那么疼，沫沫自己呢？她不敢再想象下去。有一种伤，永远无法碰触，即使结上了疤，它被我们埋在了最深最深的心底。

“苏小小，认识你真倒霉，还要再陪你读一年。”小小就看到了沫沫的眼泪像掉了线的珠子，噼里啪啦的止也止不住。颤动的肩此刻也加大了码率。她抱紧沫沫，说：“李沫沫，这辈子你注定要倒霉透了，因为这辈子我都会在你身边。”

五

这个假期小小和吴宇在一起的次数和时间是很少的，总有做不完的习题，看不完的书，还有背不完的单词！只有借辅导的烂招数趁机和吴宇去吹吹海风，晒晒太阳，追逐嬉戏。每当这种时刻，她就会想当初从楼梯上滚下来怎么单单是滚断了腿，怎么不连命也一起滚出去，还要再历经一次万恶的高三！或者是不那么邋遢的话，洗了澡就不会穿着连带水的拖鞋在客厅晃来晃去，然后就不会摔断了腿，就不会休学，就不会停考，就不会有现在的烦恼。苏小小就这样总想回到过去，把不满意的日子再来一遍。吴宇说，你那叫穿越，只会出现在银幕上，而我们活在现实里，一遍就好，有圆也有缺，这才是真正的完美。

吴宇返校的那天，苏小小正在上课，还在研究着弱酸强碱。化学老师要一个一个抽着写化学方程式。苏小小正在高度集中精神的速记中，手机振动了，是吴宇。“小小，我提前去学校了，要迎接新生，你乖乖的上课，我等你的好消息。”小小一阵失落，他怎么不辞而别，会不会是和林思思一起呢？

该不会对我也是对林思思一样，救人于浮屠，想到这，苏小小长叹一声，刚刚速记成功的方程式已经打包邮寄到了外太空。胡思乱想是苏小小的强项之一，此时的她已经追随方程式而去。不然怎么老师喊了她那么多遍的名字都无动于衷，当她反应过来为时已晚。老师走过来敲着她的桌子“高三啊！知不知道，还神游，游到哪了？食堂啊?”

全班哄然大笑，小小的头就差那么一点点就可以装进抽屉里了。“把课本上的方程式全部抄一遍，晚自习前交上来。”人倒霉起来就是喝杯凉白开都被呛。她抄了整整一个下午的方程式，偷了英语老师的写作课，动用了N年前的备用作文，才在晚自习前交了差。然后整个晚自习就在饥饿中度过。下晚自习后甩了好大一碗米线，她说：“李沫沫，校门口的这家米线什么时候变得这么好吃?”

六

万恶的高考终于结束了，苏小小睡了几天几夜，她已经分不清是白天还是黑夜。她只记得有着聚不完的会还有K不完的歌，酒就免了，因为李沫沫不想再拖着像猪一样沉重的苏小小。

她给吴宇寄了一幅画，彩铅。一个穿着碎花连衣裙的小女孩，戴着大大的沿瞻帽，旁边停着一辆我国传奇的凤凰牌自行车。菜篮子里是满满的油菜花，贪心的她手里还有一把，她看着前方的脸上满是灿烂的笑。她的背后是一片金黄，像海一样的花田。她是苏小小。沫沫说：“哟，苏小小，这不是你自己吗，眼睛眯得都看不见了，高兴成什么样了。”然后她们一起咯咯地笑起来。李沫沫也去过风一吹满满的油菜花就像是大海掀起的波澜一样浮动的花海，没有人注意到沫沫的表情，沉浸的笑容里的小小没有注意，其实连沫沫自己都未曾发现眼底那一抹无法言喻的哀伤。

暑假，吴宇回来的那天给小小带了一条她画里一模一样的碎花裙，带她到油菜花田里，让她的画作变成了真实记录在册的照片，还有一辆凤凰牌的自行车。那个凤凰的牌子真的好凤凰，因为是假的。吴宇说：“凤凰牌的自行车倒是没有，但是为了要尊重某些人的作品，它必须有。”然后苏小小就没心没肺的大笑了起来。

在油菜花田里，他拉着小小的手说："苏小小，其实你醉的时候挺可爱的；苏小小，你比油菜花还漂亮；苏小小，以后你就嫁给我吧。跟着我会有美丽的油菜花的婚纱照。"然后苏小小开心地笑了，露出她可爱的小虎牙，她看到了在一片金黄里有属于她的少年。不在乎未来和从前，此刻的他们，苏小小是吴宇的苏小小，吴宇是苏小小的吴宇，相互唯一。

苏小小的围巾还没有织完，被她遗弃在了衣柜的角落里。

那一片满地金黄的油菜田，沫沫是认识的，但是小小不知道，因为不曾提及。

怕狗的男孩和养狗的女孩

■ 微酸袅袅

1. 学姐，后会有期咯

长这么大，苏星瞳还没见过长得像池青木这么清新的男生——不是肤浅的英俊，也不是笼统的好看，而是干净的像春日晨光一般的清新。

夏日末尾的阳光依然充沛明亮，苏星瞳的眼睛发亮，扬着招牌式的纯真甜美笑容，对恰巧经过池青木脚边的一只秃头丑狗嗲嗲地感叹："啊，好可怜的狗狗哦，怎么头发都没了呢?"虽然心里想着是"这狗真的丑爆了"，可是言语和动作上都是无限的温柔和同情。

相似的场景和相似的对白，她几乎可以想象接下来池青木作为正常男生的反应。无论男生还是女生，喜欢动物和小孩都是一件很加分的事情。

池青木的反应却出乎她的意料——在听到"狗"这个字眼后男生立刻露出惊慌的神情，并在看到脚边的矬狗后狼狈地后退了数步。

倒是与他同行的男生蹲下身挠挠狗的下巴位置低语："有点皮肤病呢，不过不要紧，我给你买个药膏涂几次就好了。"

"顾宁，你……你不怕它咬你吗?"池青木结结巴巴地问。他总是会自动幻想流浪猫狗身上携带着全世界最恶毒的病菌，更恐惧它们会突然扑上来。

"它很乖，是只金毛呢，养好了会是只帅狗，不知道它的主人怎么能忍心遗弃它……"叫做顾宁的男生从随身的背包里翻出一根火腿肠，边说边喂。

苏星瞳被彻底无视了。这种感觉让她觉得自己好像就是个笑话，自尊心被人狠狠踩在了脚底。而她，绝不允许这种事情发生!

"你懂好多哦，这就是金毛吗?"擒男第二招——赞美加崇拜的眼神，女生无师白通，深谙此道之精妙。

池青木终于看了苏星瞳一眼，女生脸上的笑容越加甜美，还挺了挺她曲线玲珑的胸，新别上去的校牌上有她笑容完美的一寸照，也有“高二（1）班”的清晰字样。

如果他们有心的话，以后就会知道她苏星瞳在一中，可不是那些平凡无奇的路人角色。

“高二（1）班？”池青木很纯真地望着苏星瞳的胸口，而女生则被这直白的眼神逼得不知该继续挺胸还是微微驼背。

“啊，原来是学姐，真巧。”一旁的顾宁说道。

“什……什么？你们是新生？”苏星瞳无法接受十七岁的自己竟然会是眼前这两个身高一米七八以上男生的……学姐！明明去年她还是众学长最宠爱的小学妹。

“学姐，以后请多多关照咯。”池青木笑得一脸纯真，甚至还隐隐有点“崇敬”的意思，绕过苏星瞳走向学校大门。

“你明明不喜欢狗，为什么要假装爱狗呢？”顾宁在苏星瞳耳边用极轻的声音说了这句话，他并不要她的回答，下一秒就保持到安全距离，礼貌地说：“学姐，后会有期咯。”

苏星瞳眼角下侧的皮肤不受控制地微微抽搐，显示她内心的震怒——这是她第一次在男生处碰壁，还一次遇到两个！这对拥有“最受欢迎校花”称号的苏星瞳来说，简直是奇耻大辱！

2. 可惜是学弟啊

学校西边有块空地，原本是一座年久失修的仓库，最近突然被拆毁，随后建筑工人进驻。为了不影响师生正常上课，施工都在课余时间进行，加班加点。

一个月后，“新建筑”竣工——居然是座游泳馆。

“听说我们以后体育课可以选修游泳了，全省所有高中里只有我们学校有哦！”

“真的吗？我们学校好好哦！”

“什么呀，你们知道为什么会造游泳馆吗？”

苏星瞳和班里的女生向来不睦，但听到这里，也不由得竖起了耳朵，屏息以待。

“你们知道高一年级那个池青木吗？”消息灵通的女生故作神秘地问。

“长得很帅的那个？”

“嗯……据说他只是随便说了句‘天气好热，学校能有个泳池就好了’，他妈妈就给学校捐了一座游泳馆。”

“啪——”

苏星瞳的笔记本掉到了地上，她假装镇定地弯腰捡本子，耳边是女生们的各种惊叹声：

“哗，真的假的？”

“他们家里一定很有钱吧！”

“那肯定呀。”

池青木造成的轰动还不止于此。“泳池事件”后的期中考试，他轻轻松松考了全年级第一，总分比第二名超出近三十分；而不到一周的时间，又传来他获得奥林匹克数学竞赛全省一等奖的消息。

周一的晨会上，池青木上台领奖致辞，笔挺的校衫让他看起来又精神又英俊，声音经过电流的传播微微失真，但仍能感觉到他惯有的温柔语气。

这样的家世，这样的智商，这样的长相——难怪全校女生都沸腾了！

苏星瞳身后的女生在小声说：“哇，那个学弟长得好帅啊！”

“不只帅，还很有性格啊！”

“可惜是学弟啊……”

“嘿嘿，不然你想怎么样？”

……

苏星瞳眯着眼睛，洁白的校衫被风吹着衣领翻起来遮住她的下巴。她脸上有猎人看到猎物般的欣喜：池青木啊，她一定要将他“征服”，到时候将有比之前她与校草暧昧时更多女生嫉妒和仇恨她吧？

苏星瞳不知道她要别人对她的嫉妒和仇恨做什么，可是只要一想到她与池青木出双入对，那些呆板无趣怯懦的女生只敢躲在角落里对她恨得牙痒痒，她就开心得几乎想要原地转圈圈。“不知道到时候妈妈又会有怎么样的表情?”

苏星瞳沉浸在自己的世界里，没有注意到远远投来的一道冷冽的目光——顾宁歪着头，抠了抠耳朵，望着苏星瞳纤细单薄的背影，眉头却一点一点皱了起来。

池青木后知后觉，完全不知道自己搅起了多大的风浪，拉了拉顾宁的衣角，问他：“你发什么呆？想好中午吃什么了吗?”

“嗯?”顾宁收回目光，望向对自己成为“猎物”的事实全然无知的池青木，眼神里多少有些同情，“听你的。”

3. 不是说是个美女吗

在苏星瞳费尽心思巧妙制造和池青木的数次偶遇的同时，顾宁也花了点时间来了解这个女生。

在淮北一中，苏星瞳的名字可谓无人不知，无人不晓。只是男生和女生提起她时的语气和神情相差甚多。

“苏星瞳啊，美女 + 才女。”男生大多这么说。

“她跳舞很好看，笑起来眼睛特别迷人。”

“如果能做她男朋友就好了!”

“铁头说他和苏星瞳约会过，不知道是真的假的。”

“据说她很放得开。”

……

顾宁已经走出一段距离了，那些男生心里和苏星瞳有关的纷乱念头还是源源不断地涌入他的耳中。他突然理解了苏星瞳虽然竭力想接近池青木，但总是控制不住流露出的看弱智儿童的眼神——她应该见过太多无须她勾勾手指就为她鞍前马后的男生，如池青木这般“不解风情”的，不是弱智儿童，就属外星生物了。

正午的校园里暑气正盛，刚吃过饭的几个女生围在小卖部的冰柜前挑选各自喜欢的冰激凌口味。顾宁拿了瓶冰矿泉水，看到苏星瞳独自从食堂出来，目的地似乎也是小卖部。

“苏星瞳……”不知谁小声说了这个名字，女生们突然都抬头望了过去。

“苏星瞳？那个喜欢和男生玩的女生？”

“不是说是个美女吗……也还好吧。”

“狐狸精，总有一天会有人收拾她！”

女生的内心世界远比男生的要纷扰，顾宁没听一会儿就觉得头疼。他掏了掏耳朵，屏蔽那些杂音，注意力放在苏星瞳身上。她神情轻松自在，脚步轻快地走进小卖部，一边用手帕给自己扇风，一边从冰柜里拿出一支可爱多。

她当然知道周围那几个女生看她的眼神并非善意，但来自同性的不屑和轻鄙，在她看来如同嘉赏——只有漂亮又有魅力的女生才会让其他女生无端端就充满了敌意。

顾宁对女生间的暗战没有兴趣，他起身走时看到苏星瞳突然露出一种安静又有点羡慕的眼神——小卖部门口，有个小女孩坐在小板凳上，趴在一张方凳上写字，而她的妈妈，小卖部的老板娘，在做生意的间隙会看她几眼，纠正她错误的笔画或者写字的姿势。

顾宁经过苏星瞳身边时惊讶地望了她一眼：他竟然“听”不到她心里的声音，像是没了信号的电视机，一片雪花点的噪音，但玄妙的是，他能透过这“刺刺”的噪音声感知她内心的起伏。

苏星瞳此刻的心情，是既羡慕又嫉妒。

她无视与她同龄女生的不屑和轻鄙，内心强大得像是经过人生大风浪的成熟女子，却对一个小女孩产生又羡慕又嫉妒的心情。

顾宁的凝视引起苏星瞳的注意，她将目光落在他的脸上。

“看什么看啊，没见过美女啊。”

顾宁笑了起来，摆摆手离开。

4. 我不会放弃的

苏星瞳有好几次差点被池青木气死，要不是为了借他的风头让自己更

"引人注目"，她早就放弃接近他的计划了。

池青木和普通男生相比，简直像火星人一般不可理喻。

第一次在校园里"偶遇"，苏星瞳刚刚露出笑容，池青木一声脆亮的"学姐"，让她不想与他再说第二句话。第二次在图书馆，同时伸手想从书架上拿下同一本书，苏星瞳还没来得及露出含羞带怯的神情，池青木先她一步将书抱在怀里说："学姐，这是高一的教材辅导书，你不会和我抢吧？"第三次在食堂，苏星瞳捧着一碗热汤，眼看着池青木走过来，想要假装不小心碰撞到他，洒几滴汤汁在他身上，然后以帮他洗校服的借口制造相处的机会，谁知道他临近时突然蹲下身系鞋带，而她扑了个空，整个人向前跌去，虽然最后勉强扶着旁边的桌椅站稳了身体，但那碗热汤全部倒在了她自己身上。更气人的是池青木系完鞋带站起身，还看了一眼胸口挂着紫菜的苏星瞳说："哇，这么不小心。"然后很自然地扭过头，对一旁的顾宁说："今天有没有鸡腿啊？好久没吃鸡腿了。"迅速将女生抛诸脑后。

顾宁都有点同情苏星瞳了。面对池青木这种天生白目，从来都听不懂"潜台词"，大脑构造简单的好似只有"横竖横"的人，把每一个意图都说得清楚明白是最好的选择，可是苏星瞳要达到的目的，又是无法这么做的。

男生与女生之间的微妙磁场，半明半暗时最是引人心跳，如果撕破所有遮挡，直截了当，反而没了美感。更何况，苏星瞳只是想让池青木喜欢她，引发其他女生的嫉妒，却并未想真的与他开始恋爱。

"我不会放弃的！"

女生内心执着的声音让顾宁讶异地挑了挑眉毛。

苏星瞳到底还是让池青木记住了她的名字，并且成功地成为与他关系最密切的女生朋友，而在她之前，池青木的朋友只有顾宁一个。

他轻易就能成为众人的关注焦点，智商值爆棚，但对人情世故如低能儿童。就连女生倾慕的眼神，在他看来都比爱因斯坦相对论更让人费解。

"为什么她们看到我眼神躲躲闪闪的？"

"因为她们喜欢你，看到你就慌乱，心里小鹿乱撞。"作为挚友，顾宁很尽责地向他解释道。

"她们为什么喜欢我？她们了解我吗？"池青木露出更困惑的神情。

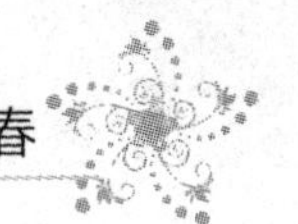

苏星瞳几乎要笑起来："拜托，十几岁的女生，谁会因为了解一个人而喜欢一个人？年少时的喜欢不都是莫名其妙地来又莫名其妙地走吗？这才是青春的美好所在啊。了解你做什么？没听过那句话吗——'那时喜欢上一个人不是因为有房有车，而是因为那天下午阳光很好，你穿了一件白衬衫'——谁管你白衬衫下面有几根毕现的肋骨啊！"

"那……"池青木扭过头看苏星瞳，"你也喜欢我吗？你好像也有对我露出过那种讨好又有点害羞的笑容。"这本该是一个多么让人心跳加速的问题，却由池青木问来，就像是在讨论明天是不是依然晴天一般无趣。

嘁，那是演的好不好？就像我假装喜欢流浪狗一样啦。苏星瞳心里这么想着，说出口的话却变成了："你猜呢？"狡黠又精灵的神情，若是普通男生，怕是立刻就被收服在她的校服裙摆下，再也无法翻身。

池青木却只是摸了摸鼻子，扭过头，像翻书页一般将这件事翻过，若无其事地和顾宁聊起了别的话题，完全没注意到女生瞬间石化的神情。

5. 太不要脸了

或许是因为池青木的无趣，也或许是因为他的冷淡，苏星瞳好不容易走进他的世界，又挥挥衣袖不带走一片云彩地消失了。等她再次出现时，她公然和高三年级最有希望夺得全省理科状元的男生在校园里手拉手招摇过市。而更让全校师生震惊的是，苏星瞳竟然和那个男生趁出操时间在教室里私会，被折回教室的班主任撞了个正着。

"太不要脸了！"

"哼，狐狸精终究忍不住露出尾巴来了。"

"看她那个样，眼神就像随时准备勾引男生。"

顾宁并不想听这些声音，可是经过那些女生身边时，类似难听的话语总是汹涌澎湃地涌进他的心里——说出来的声音是用耳朵"听"的，那些没说出口、藏在心底的话当然"听"不到，可是顾宁能"感受"到，如同吹进耳朵的一小片羽毛，飘飘荡荡在他的心头。

顾宁掏了掏耳朵，刚想屏蔽那些难听的"心声"，却看到有个女生一脸兴奋地冲过来对另一群女生说："你们猜我在教导处看到了什么？"

"苏星瞳她妈来了！就是那个以前在电视台播过新闻的主持人！"顾宁不需要猜就听到她压抑不住的心声。他没有任何犹豫，下一秒就往教导处走去。

6. 你到底是不是我妈啊

苏星瞳的妈妈安雅，是一个非常优雅而自制的女人，虽已年过四十，但保养得当，看起来只有三十出头的样子。

"这孩子，本质是不坏的。"她坐在教导主任对面，姿态像个纡尊降贵的女王，"兴许是受了什么唆使，还望老师多费点心了。"

"苏星瞳的成绩一直不错，小姑娘要才艺有才艺，要长相有长相，我们老师对她印象也很好，只是这次……"教导主任和安雅打过几次交道，眼前这个美丽的女人除了是电视台高管之外，背后更是有说不清的社会人脉。其实要不是怕得罪她，他最想说的是：上梁不正下梁歪，有什么样的妈就有什么样的女儿。

苏星瞳歪着肩膀站在一边，看不出有丝毫的悔意或者羞愧。

"如果这事校方无法妥善处理，我只能让星瞳转学了。"安雅看了看手表，站起身，"我还有事，先走了。明天我会和你们校长通个电话。"

见安雅要走，苏星瞳怡然自得的神情僵化在脸上，转变成了惊讶。

"妈，你就这么走了？"她不敢置信自己在教室和男生亲热被班主任撞见，闯出那么大的祸，安雅竟然还能镇定自若，且说走就走。

"不走我能干吗？"安雅停下脚步，侧着身体看着苏星瞳说，"星瞳，你也不小了，别再这么任性。妈妈真的很忙。"说完转身就走。

"你到底是不是我妈啊？"苏星瞳彻底愤怒了，顺手抄起桌上的茶杯用力朝安雅后背丢去，"是不是要我堕落到底，你才会回头看我一眼？或者，就算那样我也是不被你注意的可怜虫，你可以眉头都不皱一下，就当没生过我……你为什么要把我生下来？"

顾宁在办公室外，听到了苏星瞳的每一句呐喊。安雅经过他身边时脚步有一瞬间的迟缓，但她并没有停留。

“这次副台长竞选……等会儿开完会我得找台长聊聊……孩子不懂事……不知道如果高中就把星瞳送出国，我能不能承担这些费用……”

成年人的心事是厚重的，不像少年与少女透明糖纸般简单明了，他们是一张又一张交叠的糖纸，到最后一丝的光线都无法穿透。顾宁只能从纷繁的声音里理出零星的词语。

办公室里，传来苏星瞳悲痛大哭的声音。

“原来我真的在你心里那么不重要，那么为什么还要生下我……”

7. 能陪陪我吗

苏星瞳提着塑料袋再次出现在池青木和顾宁面前时，他们正坐在那棵全校年代最久远的梧桐树的枝丫上，一个呈放空状，另一个则讲着一点也不好笑的冷笑话，自己取悦了自己，笑得抱着树干几乎要掉下去。

“能陪陪我吗?”苏星瞳仰着脸，带着一点点祈求，在树下问道。

“上来吧。”顾宁扶着树干，朝她伸出了手。

两个男生和一个女生，并肩坐在粗壮的枝丫上，喝着可乐，听着鸟叫，风吹过树梢时发出沙沙的声音，空气里有夏末秋初独有的干燥香气。

“好孤独啊，真羡慕有好朋友的人……更羡慕被爸爸妈妈爱着的人……为什么平凡的幸福的人那么多，我却不是呢?”

苏星瞳的“心声”让顾宁的心里一动，他不由得问：“你的童年是怎么样的呢?”

“为什么想知道我的童年?”女生问。

“因为我很小就认识青木了，而你是刚认识的朋友，想要多了解一点。”顾宁答得一本正经。

苏星瞳歪着头望着顾宁，望了有好几秒钟，眼底有微微的光浮上来：“我一直以为你只是把我当做轻浮的女生，和那些倒追池青木的女生一样的无知少女……”

“不，你和她们不一样。”顾宁打断她说。

苏星瞳露出高兴的表情："谢谢。"好像还从来没有人看出这一点呢……其实我一点也不喜欢我以前的那些"男朋友"，我也不喜欢谈恋爱……我只是太孤独了。

"说说你的童年吧。"顾宁锲而不舍。

苏星瞳的童年其实只用几句话就能概括，而其中最关键的一个词就是"孤独"。她生活在一个单亲家庭，从没有见过爸爸，而见妈妈安雅的时间也不多，因为她总是很忙很忙。苏星瞳的儿童时期是和年迈的奶奶一起度过的，到了上学年龄才回到安雅身边。但她送她去读寄宿制学校，每周只见一次面，还常常失约，最常陪苏星瞳吃饭的人只有保姆。十三岁的时候，隔壁班的男生给苏星瞳写了人生中第一封情书。她看完后随手塞在枕头底下——家里平常没什么人，安雅也很少进她房间，谁知那天竟那么巧，刚好安雅回家，并破天荒地整理了苏星瞳的床铺。

因为那封情书，苏星瞳度过了和安雅在一起的第一个周末，她带她逛街、吃饭、买裙子，然后站在镜子前搭着她的肩膀说："你长大了，是个漂亮姑娘了。不过记住妈妈的话：最美好的东西都在路的终点，那些半路的风景没什么意思，那个男生就是个心智不健全的小孩。"

苏星瞳望着半搂着她、神情关切的安雅，突然明白了一件事：用功读书取得好成绩是远远不够的，只有让安雅担心，她才会注意到她的存在，给她她想要的关心。

"我一直想要爱，很多很多爱，但不是其他女生想要的爱情，而是亲情……"最后一句话苏星瞳没有说出口，因为她伤心地哭了起来，眼泪打在她的手背上，也落在树下，流入泥土的缝隙里。

"你别哭了，树说，土都变涩了。"池青木笨拙地安慰女生。

顾宁却蹦下树，站在树荫之下，眯着眼突然问苏星瞳："你有没有想过，也许你的妈妈和你一样，也想要很多很多爱呢？又或许，你想要的爱，她早就给你了。"

8. 妈妈对不起，我一直让你操心

安雅参加电视台副台长的演讲竞选，她穿了一条酒红色的露肩小礼服，在几位西装革履的男性竞选者中显得分外醒目。

顾宁、池青木还有苏星瞳，坐在观众席的后排。

“你带我来这儿干什么？”苏星瞳问。

“待会儿你就知道了。”顾宁笑笑说。

安雅的演讲开始了，有别于前几位的慷慨激昂，她的声音温柔而恬静，却另有一份柔韧带钢的坚强。

“我知道刚成为我台新闻部主管的时候很多人在我背后非议，他们怀疑我的能力，认为我是靠所谓的‘潜规则’上位……”

她的演讲进行到一半，顾宁突然握住了苏星瞳的手。

“你干吗……”苏星瞳别扭地想要躲开，但霎时如被电击般僵在那里。

“如果不是为了星瞳，为了送她出国，所以要争取更好的工作表现，我真不想参加这种竞选……其实谁都知道，设想得有多好，最后落实就有多难……”

“是……是你在说话吗？”苏星瞳怔怔地问。

顾宁摇了摇头，指了指台上。他的右手手指钩着苏星瞳的手指，原本只有他能听到的“心声”，此刻也同时进入女生的心里。

“我真的很累，好想休息一下，可是星瞳还那么小，我还要坚持……”

“我从来不知道原来我在她心里那么重要。”苏星瞳望着台上优雅知性的女人，那一刻她正针对电视台内部现存的问题进行剖析，并阐述如果她成为副台长，将如何解决那些问题。除了她和顾宁，没有人知道她镇定且充满信心的神情下，是对职场尔虞我诈与不公平的厌恶与疲倦，可是为了支撑家庭，为了给予唯一的女儿更好的生活学习条件，她又不得不像个男人那般去打拼。

“我还想请你帮个忙，我想知道我的爸爸到底去了哪里。”安雅一直告诉苏星瞳，她的爸爸为了帮助一些人而得罪了另一些人，最后被迫离开妻女，背井离乡。

越长大，苏星瞳越不相信这套说辞。她让顾宁站在她身后拉着她的手指，而她则站在安雅面前再次问起爸爸。

“怎么她又问起这个问题，不能让她知道她爸爸是因为沉迷赌博，债台高筑又无力偿还所以选择一走了之……她知道了会伤心的吧，随便编个故事哄哄她好了。”

“不是说了嘛，你爸是个非常好的男人，为人仗义，所以得罪了人，不得不离开这里。”就算苏星瞳如今的身高已和安雅齐平，在她眼里苏星瞳仍只是个听童话故事都会信以为真的小女孩。

“哦。”苏星瞳垂下头，她的眼睫颤抖得厉害，只有低下头才不会被人发现她几欲夺眶而出的眼泪。

“妈妈对不起，我一直让你操心。”

“你也知道？”安雅反问，甚至带着嘲讽的语气。如果是以前，苏星瞳早就被激怒，可是这次她听到安雅冷言反问的同时，还听到她的心里说：“今天怎么了呢？星瞳又闯祸了吗？不然为什么突然道歉呢？闯祸也没关系的，大不了我们换个学校念。无论发生什么，都可以解决……”

苏星瞳松开了顾宁的手，捂着脸孔，在安雅面前悲伤又懊悔地大哭起来。

“妈妈，对不起……对不起。”

9. 为什么你之前要假装喜欢我

苏星瞳的变化是微小但又可察觉的。她仍像以前那般爱穿得花枝招展，爱对男生露出灿烂的笑容，喜欢那种众星拱月的感觉，可是她不再玩弄谁的感情，刻意与男生暧昧。

某一天，连后知后觉的池青木都问：“苏星瞳，为什么你不再用那种‘小鹿乱撞’的眼神看我了？”

“那都是演的好吗？你真以为你万人迷啊。”苏星瞳很不淑女地翻了个白眼给池青木。

“为什么你之前要假装喜欢我？”

“因为好玩啊。”苏星瞳笑嘻嘻地说。当然不会告诉你是为了想让更多人注意我、嫉妒我，然后可以把事情搞大，引起我妈妈的注意……而现在，这些都不需要了，当然也不用假装喜欢你了啊！白痴！要不是因为你人气高，我才不想理你呢，除了长得比较好看之外，简直就像外星人啊！顾宁都比你有魅力多了！

苏星瞳漂亮的琥珀色瞳仁一瞥，看到顾宁低着头，虽然竭力掩饰，仍无法阻止上扬的嘴角。她突然想起什么，红着脸大叫："你不许听！"糟了，不会被发现了吧？

"我什么都不知道。"顾宁镇定地抬起头，撇清干系。

"和你做朋友好可怕……喂，火星人，你都不会害怕被他听见心里的秘密的吗？"苏星瞳捅了捅池青木。

"嗯？你是说他的'读心术'？"池青木摸了摸鼻子说，"好像对我是失灵的哎。"

"咦，这么神奇……"苏星瞳开玩笑说，"这该不会就是顾宁把你这个火星人当做好朋友的原因吧？"毕竟如果每时每刻都要听到好朋友心底各种纷乱的声音也是一件很累的事情，安静真是池青木最大的优点了。

"才不是呢。"池青木连忙否认，而顾宁却保持了缄默。

在三秒钟的冷场之后，前者哭丧着脸，而后者则终于笑着拍拍他的头安慰说："骗你的啦，你也太好骗了吧。"

风吹过头顶的梧桐树梢，层层翻起的绿浪在阳光下闪耀出健康植物的光泽。远处的操场上传来一波又一波的欢呼声，不知是谁踢进了关键球。十米外经过的学妹在偷偷往这边看，因为淮北一中最英俊的两个男生正闹作一团，而拍着篮球经过的男生也不时朝苏星瞳投来关注的目光。

苏星瞳闭上眼睛，笑靥如花朵绽放，她突然深深地觉得：能生活着，能感知到自己被别人关心和爱护着，能关心和爱护着别人，真是一件非常美好的事，美好到连身边曾经从不关注的细枝末节都变得可爱起来。

"今天的生活和昨天的生活并没有发生什么不同，妈妈还是那么繁忙，无暇顾及我——所有的事似乎都未曾改变，可是改变却又清楚明白地发生了，而我终于明白，苦苦要求和追寻爱的人总在哭泣中错过，其实爱已经在身边了。"

遇见，浅浅喜欢静静爱

■ 青衣墨豆

流年青花，回首我们一起走过的青春故事。擦肩而过，遇见后的难以启齿，欲言而又强自忍耐的情愫，只为心中的那份美好。逝水无痕，让我们把曾有的那段纯真岁月一路珍藏，永驻心间。

——题记

一

晴朗的夜晚，月色的清辉洒满大地如同白昼一样。窗外的蛐蛐叫个不停。昏黄的灯光下面，林小宇从抽屉里拿出自己的日记本，慢慢打开，也不知道从什么时候开始，他想把生活中的喜怒哀乐悲欢离合藏在字里行间：用每天的心情变化占据那空白的纸页，之后拼成一段又一段的个人青春故事——这渐渐地成了林小宇的习惯，就好像跟吃饭睡觉一样的习惯，哪天发现自己落下没做，很快便感到生活缺少了些许人生色彩及乐趣。在每一天天色昏黄的时候，他就掀开一页崭新的纸面，把它用当天的心情填满，不知不觉的，仿佛一天的时光顺着笔尖偷偷地躲进了日记本里，林小宇因此而感到内心充实和平静。总之不论是快乐还是忧愁，他都会用心意会。

林小宇第一次遇到叶婷是在课间时分，也许是前世的缘分吧，当时他刚从教学楼走廊间穿过，正好和叶婷来了个擦肩，一种熟悉的感觉如同清泉般流过心田，那是一种很莫名的感觉，说不出来。当他正准备回头再细看时，上课铃突然响了。张华一把拉着他直奔教室而去，一个触动的回眸却无法企及，伴随着那上课铃声，滑过长长的走廊消失在末端。林小宇经过打听，得知她叫叶婷，是位刚休学回校的学生。“难怪以前我没有见过她。”林小宇喃

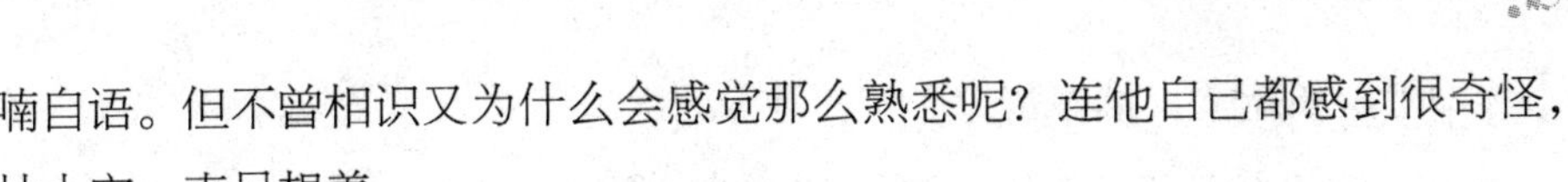

喃自语。但不曾相识又为什么会感觉那么熟悉呢？连他自己都感到很奇怪，林小宇一直呆想着。

放学回到家，林小宇这次在日记里写下了短暂而奇妙的邂逅：阳光温暖的倾斜在走廊上，风儿轻轻的吹拂着窗帘，他缓缓地从走廊穿过，她静静地从身旁走过……几乎这一天的所有时光都被他遗忘得一干二净，他记得的只不过是几秒钟的一次奇妙遇见，于是这几秒代替了一整天的思绪，同时也占据了一夜的自我画面。说也奇怪，有时候一天才只有几秒钟的时间，让人念念不忘某件事；有些人素未谋面，却可以在那一瞥后，勾起记忆深处昏睡的思念。可身在尘世，谁又能真正懂得那些莫名的情愫呢。

二

无独有偶，有些事情，从来就是那么巧合，好像是上天安排好的：因为学校临时决定要重新分配班级，再加上久违的缘分吧，林小宇与叶婷竟然分到了同一个班集。林小宇每天都会不经意地看向叶婷，而当他的眼神投射到她身上的时候，熟悉的感觉又会像清泉一样潺潺地流入他的心田。自从林小宇第一次写下关于叶婷的日记后，就像春天小草发芽似的不断生长，关于她的日记每天都会充斥着林小宇的日记本。今天她的服饰、神色、微笑以及今天她擦黑板后在鼻尖留下的那一抹粉白……

在某个特殊环境里，对一个素不相识却感觉相识的人产生悸动是一种很奇妙的感觉。那么关于林小宇写她的日记从素不相识来看很是荒诞，但从相识已久的恍惚之间看来倒又十分合理，胜似幸福的刻度。如果不是在音像店里的真正巧遇，林小宇是不是只能默默地看着她，自己所在乎的一切是不是不会引起她的注意呢？俗话说，物以类聚，人以群分，也许还真有它的道理吧。

小而整洁的音像店正播放着淡雅音乐，一排排的货架上放满了流行前沿的 CD。而在店里的一个角落里，他和她相邻却显得陌生，当彼此发现看的是同一本小说的时候，两人不约而同地抬头看向对方，目光交接，容颜绽放的刹那很惊奇，于是便有了第一次长时间的交谈——关于两人手里那本名为

《青春记忆里的和弦》的小说。

“你喜欢《青春记忆里的和弦》这本小说吗?”叶婷好奇地问。林小宇愉悦地说:“嗯,因为我喜欢写日记和听音乐。”叶婷坦诚地说道:“我没有写日记的习惯,平时就喜欢看书、散步,我喜欢的是‘青春’自由美好的感觉……”

她听他说着他对这本小说的独特看法,侃侃而谈。他看见她浅浅的微笑在脸颊花样绽放。在旁边人的好奇围观中,两人害羞地仓皇而逃,跑到店外的榕树下,忍不住哈哈大笑。天空蔚蓝蔚蓝,小草碧绿碧绿,阳光透过树叶斑驳地打在两人的脸上;在斑驳的光影下两张灿烂的笑脸久久绽放,这是一段愉快的畅谈——“真不好意思打扰到别人了”。刚才两人说着说着差点忘记了自己是在音像店里,但在林小宇的心里美滋滋的。

三

后来他们成了前后桌,一到下课时分,经常聊天,天文地理,无话不说,很是投机。也不知道是谁在班上问了一声:林小宇,你喜欢叶婷吗?林小宇辩驳道,“没有啊!”可是在林小宇内心深处想得是:这就是爱情嘛,还用问,呵呵多么奇妙的事情啊。从那以后,每到放学的时候,他小心翼翼地踩着单车,后座坐着她,她也应和着车的晃动轻轻地摆动着双脚,在夕阳下,两人的身影被浸透了。后来,每天一起回家的张华,踩着单车在后面远远地跟着,一脸傻笑。

放假时,他和她一起在公园里看课外书,一起散步说笑。有时候他会悄悄地绕到公园长椅的后面,突然伸手捂住她的双眼。她知道是他,也就笑着不动,在其他路人攒射的目光中,他只好缩手不好意思地坐在长椅的另一边,留下她在那里哈哈大笑。每次他们都是那么高兴,那么契合,好像总有说不完的话,有种相见恨晚的感觉。

天下起大雨的时候,他把雨伞让给她,然后匆匆离去;回家的路上,她看见他在人行天桥下面避雨,她急忙打开伞跟上去,一面笑他傻瓜笨蛋。林小宇每天的日记依然是写着关于叶婷的一切。林小宇时时想着在音像店里的遇见："你喜欢《青春记忆里的和弦》吗?""嗯，因为我喜欢听音乐和写日记""我喜欢'青春'的感觉"……林小宇日记本里一页一页地写着她的故事，写着她在看见他鞋带扯开的时候给他系蝴蝶结的情景。

他对她熟悉的感觉越来越强烈，一见如故，不像是才认识的陌生人，而是觉得彼此认识已久。他不知道这是什么原因，他希望能够永远这样维持下去。可在林小宇的心里"永远"究竟有多远，是的，但愿平平静静快快乐乐的日子一直继续下去。林小宇心里祈祷着。

他原以为可以一直为她写日记，原以为两人可以一直往音像店跑，原以为可以一直在鹅卵石步道上散步，原以为可以在放学路上载着她飞驰，原以为可以一直躺在榕树下听风儿说话，一直看着她浅浅的微笑……

四

可是很多事物时时在变，没有一直的美好。

她说想去买《青春记忆里的和弦》。他踩着单车载着她满城市的跑，一家又一家地找了很久。终于，在找了一个白昼，已是夕阳西下的时候，在一个偏僻的书店买到了。

"原来这么难才可以买到呀。""至少买到了，真好。""幸好，不然就糟了，嘿嘿。""为什么买不到就糟了啊?"他探着头问。"没什么。"第二天他收到一份礼物，青葱色的包装纸上面打着还是那样的蝴蝶结。榕树下她递给他这样一份礼物："我明天就要转学了，因为家庭的原因……"她说。斑驳的树荫落在他们脸上，然后是一阵沉默！晚上他回到家，拆开礼物，其实不用拆也知道是《青春记忆里的和弦》。他打开那熟悉的音乐，心里想着她昨天说的那话"幸好买到了，不然就糟了"，原来是这样。他把书轻轻放在枕边，音乐中的他噙着泪水，不知不觉就睡着了——睡得很沉，但是不香。这个夜晚他没有写日记，这些年来的习惯在今天突然成了断点。是不是这样时光就不会走远，是不是这样一切就不会改变，是不是这样时间就会把事情遗忘，是不是……

林小宇在路过那个走廊时，总是匆匆地，生怕发现了什么，他只想把他

心中那份伤心埋在内心深处，从此遗忘。可那种熟悉的感觉怎么就会那么容易消失呢。他多么希望在上课铃还未响起的刹那，再次看到那熟悉的如清泉般的身影。可是一切都那么残酷，上课铃响起，他又加快了脚步和张华一起进入教室，张华在他后面说着，“这小子”，他知道，他怎么会突然忘记她呢！就像关于写她的日记一样——停止，不见。

五

后来的一天，林小宇经过那条走廊，他已经不在盼望什么了，深知那里已经没有了希望，他怎么会去盼望呢？经过那里的时候，一个女生忽然叫住了他，近近地靠近他淘气的脸说：“你好林小宇，我叫转莲。”声音是那么清澈。他回道：“你好。”转莲刚要开口说话的时候，上课铃响起。在学生时期的课间上课铃总是打破一段又一段未完的故事。他跑动起来摆手示意。

以后他才知道那个姓叫转，有着和她一样淘气的脸和声音。可那心中的记忆又怎样会替换呢？林小宇依旧每天记日记，记下一段悲伤，让它慢慢复原，记下一段快乐让它在未来蔓延，或记下一日的平淡，留给明天的自己回头沉思。日子里流失的印记在日记里用来表达，翻着日记本就能清晰的回想当年那天；新的旧的笔迹交织在一起，组成了一首平淡而甜美的歌；日子里经过的依然是那整齐的文字，但是有的人走了，有的人正走进来。因为转莲，所以他再次在日记本中提起那走廊。在那走廊上有两次邂逅，一次是邂逅，一次是被邂逅。

也许世界就是一个简单的轮回，重复着同样的故事。转莲总是在他经过时，叫住他，笑着拉住他，或是在他经过的时候偷偷地从后面拍打他的头，然后站在那里拉住他一直等到上课铃声响。她知道他喜欢去校门口的音像店边听音乐边看书，于是她常常跑到那里邂逅他；她知道他喜欢在学校那棵巨大的榕树下乘凉，于是她常在那里等他；她知道他单车有后座，而且没人占据，于是她每天在放学回家的路上悄悄地跳上他的车。

只是她不知道的是，她已慢慢地走进他的日记本里，虽然并不像叶婷那样，从第一页开始就是熟悉的感觉，但在一页一页的记录中已慢慢地熟悉起来。对她的称呼从开始的“一个女生”到后来的“转莲”，距离的变化是那么明显。她会在每个周末约他见面，在路上钩着他的手臂，然后路过很多很多的眼光；遇见认识的人，她会幸福的把头依偎在他的肩头上；早上他路过走廊时塞给她面包和牛奶，因为他知道，她还没有吃早餐。

六

林小宇不知不觉又开始迷恋那楼道走廊，就仿佛那里装满了自己的美好春天，心里无比畅然，让他不经意地产生无限依恋，而她总会在另一边给他一个温馨的微笑，温馨得让人想要掉下自己难忍的眼泪，那是幸福的。然而他总是在每次上课铃响起的时候再跑回教室，路上总是感觉心里缺了一块什么久别的东西，让他觉得空洞洞的，甚至是落寞。

后来的一次林小宇忽然在走廊瞥见叶婷熟悉的脸蛋，跑过去的时候，转莲奇怪地看着他。他脱口而出：“叶婷呢?”“什么叶婷，她不是转学了吗?”“没事，我走了。”她看着他的背影走过去，在这里她想起了他与叶婷的一点一滴，毕竟她是了解的。

他对着叶婷傻笑，他捂着她的眼睛感受暖意，雨天他帮她撑雨伞一起在路上行走，他轻轻地拍叶婷的头……

也就从那时候开始，林小宇心情有所好转了，转莲也开始注意林小宇的脸竟有那丝丝朝气。她开始不停地幻想：课间的时候一个男孩会经过走廊，然后停下来回眸看她。她想着想着不由地会心一笑。

他想如果有一天他还能在课间和她短短的相见，开心的嬉戏，在公园散步读书，那……该多好啊！现实已经是现实了。他站在那里，想了很久很久。

七

林小宇终于明白为什么自己的心里空荡荡的原因了，因为叶婷的缘故。林小宇以为他自己很快就可以把她淡忘，就像断开了关于写她的日记一样，在最后空下一页之后再也没有关于她的日记一样，也没有她的任何字眼，然而他错了，那熟悉的感觉总是一次次地流入他的心中，不能停息，但又无可奈何。

林小宇轻轻翻开日记，那空白的纸面被写满了字的纸页覆盖了，林小宇呆了很久，轻轻打开那空白的一页，用现有的心情补上那空白的日记，但补偿总是要付出双倍甚至更多的代价，就像现在，用那天的空白补上文字，补上代价，几滴液体撞碎在日记本上。这次，林小宇终于没有忍住自己的眼泪，倒在被窝里独自泪流。

八

林小宇整夜未眠。

第二天，张华和转莲来找他的时候，他还沉睡在梦中，迷迷糊糊的呓语，转莲坐在他的桌前，看见林小宇打开过的日记本，有液体沾后风干的一抹痕迹，成了日记本上再直接不过的语言，上面写着："叶婷，我想你！"又有几滴液体跌碎在日记本上那一页曾经已空的纸面。居然在后来被用以画上这种语言来做最好的心情表达，转莲明白了，同时也沉默了。她擦擦眼泪，回过头的时候，他看见床上枕边放着《青春记忆里的和弦》。转莲说："这是叶婷临走的时候给林小宇的。"她拿起纸在上面写上一些字，把纸握在手心默念了一下，然后夹在书上，接着把书放在林小宇的胸前，让他抱着。

转莲扭头轻声跟张华说："走吧。"张华看着笑了。林小宇醒来的时候已经是深夜，拿起胸前抱着的书，一页纸片滑落。昏黄的灯光下，他看见纸上写着："林小宇，大学再见——叶婷。"此时外面皓月当空，繁星点点，仍还能听见蛐蛐的鸣叫声。他微笑着闭上眼睛，风儿从窗外吹了进来，翻动着桌上的日记本；翻到扉页的那一刻，风儿停住了，月光也停住了，透过窗户看见照在扉页上的字迹：青春记忆里的和弦。

此刻，林小宇已毫无睡意。他翻身起床，站在阳台，微风掀起他的衣角，充满希冀的眼神久久凝望着那灯火阑珊的城市尽头。

与校花同居好辛苦啊

■ 佚名

一

大三那年，女生宿舍楼扩建，我们一群人被安置在男生宿舍顶楼几个空闲的寝室，原来的每个寝室 8 个人，现在变成了 12 个。而更尴尬的是，新进的 4 个室友当中竟有蒋涵函。

蒋涵函可是学校里的名人，人称“八面玲珑美校花”。不仅长得漂亮，弹得一手好钢琴，而且舞功了得。

我们深知：一片绿叶与一丛绿叶的区别在于，一片绿叶势单力薄，一丛绿叶却相当养眼。若这绿叶之上开出一朵红花，抢眼的便是那红花了。而正值青春年华的女孩子，又有谁愿做别人的陪衬呢？所以，我们悄悄回避着蒋涵函的美丽。

蒋涵函似乎并不知道我们对她的故意疏远，每次出门之前，总要问一遍：“你们走不走？”而我们则假惺惺地笑：“你先走，我们再等一等。”有几次，蒋涵函当真坐下来等，眼看着上课的时间要到了，我们心里急得不行，却依然要装作很悠闲的样子，弄弄随身听，拨拉拨拉玩具熊，直到蒋涵函边看着手表边说来不及了，走出寝室一会儿，我们才呼啦啦地跑出去。

你也许觉得这很简单，但你要明白，每次都做到这样谋定而后动，实在是很辛苦的事情呢！

二

虽然我们尽量保持着与蒋涵函的距离，但“白天鹅”的光芒还是暗淡了

“丑小鸭”的虚荣。男生们很快知道了蒋涵函就住在这栋楼上，楼道里时不时就会传来变了调的高音：蒋涵函，我爱你！蒋涵函听多了听惯了一样安之若素，该干什么干什么。大家的心里却被一份莫名的嫉妒撩拨得痒痒的。

一天晚自习回来，大家各忙各的，脚底下同一个方位寝室的男生却突然来了兴致，挤到窗前，开始高喊蒋涵函，有两个色胆包天的，竟然探出半截身子来，费力气地扭转了 180 度，仰着脸等待着美女现身。蒋涵函悠闲地嗑着瓜子，任凭那些声音在夜色中激昂地回荡。

可是，有人不舒服了。对面的王阳“啪”的一声合上书，随手拾起一副耳机塞住了双耳。王阳也是风头正劲的女孩子，文学社社长，才华横溢，“女人要靠实力说话”是她常挂在嘴边的一句话，不知是嘲讽蒋涵函还是向大家暗示她才是实力派。韩晴是王阳的死党，正在洗衣服，听见“战斗的号角”，也开始卖力地揉搓起来，弄得水花四溅。上铺的娟子不断地变换着坐姿，殃及下铺来回晃动还吱呀作响……蒋涵函看出了苗头，起身抖抖瓜子皮碎屑，拿了脸盆走了出去，让我们这些想看热闹的人多少有些失望。

一会儿工夫，蒋涵函回来了，佝偻着腰，涨红着脸，吃力地端着满盆水，径直走到窗前，还没容我们多想，“哗——”整盆水瀑布一般直泻而下，只听一声惨叫，楼下顿时便没了声音。寝室内，我们面面相觑，随后一阵爆笑。

三

泼水事件并没有就此结束，楼下的男生们开始了更为“恶毒”的报复行动。

不管是午休还是夜里，我们脚底下开始强烈“地震”，“咚咚咚”的声音不绝于耳，真是难以想象，那些男生们是如何让他们的屋顶这样精彩至极的。只是，我们根本无心欣赏，只想睡觉。“震”了几天，我们都成了“大熊猫”，上课更是无精打采，几次都被老师旁敲侧击地批评。王阳又开始抱怨起蒋涵函：“红颜祸水，尤其是漂亮的女人！”蒋涵函倒不生气，依旧漫不经心地嗑着瓜子。

“地震”又开始的时候，蒋涵函习惯性地打扫打扫身上的碎屑，在床下皮箱里翻出一双精致的红色皮鞋。没有音乐，蒋涵函却开始了舞蹈。轻盈而灵活的舞步舞出清晰响亮、铿锵有力的节奏。原来她还会跳踢踏舞！

“姐妹们，让我们同仇敌忾！”看着她一脸故作认真的模样，我掀起被子，同她一起跳起来，脚底下却总嫌沉闷。蒋涵函停下来，“看我的。”从包里掏出几枚硬币，又从王阳那里要来双面胶，蒋涵函麻利地将硬币粘在鞋底的不同部位。还真管用，脚底下顿时响亮起来。“还有谁想学跳踢踏舞啊？”女孩子从来都经不起新奇的诱惑，大家纷纷翻身下床。穿着自制的舞鞋，像蒋涵函一样高昂着头，挺起了胸，噼里啪啦地跳起来，那感觉俨然是一个个骄傲得不可一世的公主。

那是我们第一次打破了“白天鹅”与“丑小鸭”的界限，心甘情愿地跟在蒋涵函后面，笨拙却无比欢快地舞蹈。

四

转眼间，即将毕业。大家东奔西跑忙着找工作，蒋涵函却满世界地翻裙子。除非上舞台，平日里，蒋涵函一向都是牛仔裤配T恤的打扮。

毕业晚会的当天，蒋涵函终于找到了喜欢的裙子。那是一条浅绿色圆领长裙，没有多余的点缀，穿在她身上，却使她显得清新脱俗，犹如仙子一般。我们不再吝啬自己的称赞，发自内心地簇拥着蒋涵函。

“这条裙子我是要穿给丁力强看的，你们一定要好好帮我看看啊！”话音刚落，我们不约而同地张大了嘴巴。丁力强？隔壁班的团支书，扎在人堆儿里，除了个子挺显眼，似乎就再没什么特别之处了，蒋涵函竟然喜欢他？

“我喜欢他三年了，明天他就要去西藏了，以后不知道还会不会再见面，我想在他临走之前向他表白，这样，就不会有什么遗憾了。”蒋涵函红着脸，低声说。大家终于明白，为什么那么多人追她，而她却始终没有男朋友。

那天的晚会，丁力强没有去。因为路途遥远，他已经坐当天的火车走了。我们看着蒋涵函，她依旧一脸笑容，寻不到悲伤。

斟满了酒杯，任离别的感伤肆无忌惮地蔓延，大家互道着珍重，在十几只酒杯相撞的一瞬，酒水四溅，溅到了蒋涵函的长裙上，我们惊呼："那可是一千多块买的啊!"蒋涵函淡然一笑："没什么，反正这一辈子就只穿这一回了。"

我们沉默。红色的液体在长裙上一点点浸润开来，蒋涵函的眼里一片湿润的晶莹。

五

三年后，在另一座城市，偶然邂逅王阳。王阳和蒋涵函早已从"对头"变成了莫逆之交，这么长时间以来，在大家都忙着工作、生活而淡忘了友谊的时候，她们却始终都在联系着。王阳告诉我，蒋涵函在毕业两个月后就去了西藏，如今，她和她的"王子"已经结了婚，并且就要生小宝宝了。

难以想象，漫天风沙之中，娇小柔弱的蒋涵函如何晒黑了皮肤，吹皱了面容。只是，那一刻，在繁华的都市，因为生存而早已麻木的心底，突然掠过一阵温暖。蒋涵函终究是蒋涵函，那个八面玲珑、勇敢无畏的美校花。她以我们意想不到的方式，收获了爱情，参悟了生活。

沙鸥，你的爱迷失了吗

■ 愚心

原来我一直都迷失了，在爱情这条路上奔跑了这么久，才发现自己错了，但这又怎么样？这条错误的路，我已经习惯了……

——沙鸥语

一

2009年的盛夏，好像并没有想象中的炎热，清爽的空气中弥漫着淡淡的栀子花香。百无聊赖的沙鸥将自行车推进车棚，他拿出车锁，看了看旁边的那辆红色自行车，犹豫了良久，终于还是将它与自己的车子锁在了一起。回到教室，他对坐在自己前面埋头思考的苏晓说道："我把咱们两个的车子锁在一起了！"语气中有着小小的得意。而苏晓却似乎早已见怪不怪了，只是无奈地白了他一眼，便又沉浸在无边的题海中。这时，沙鸥旁边正在看小说的于新回过神来，对着沙鸥竖起大拇指，打趣地说道："哥们儿，你真强悍！"沙鸥笑笑，只是默然不语，依然看着前面学习的苏晓。于新摇头笑了笑，又继续看起了他的小说。

沙鸥，这个名字有点奇怪，乍一听来好像是某种鸟类的名称。于新刚来时总是将他的名字写成沙欧，不过每次都让他叫嚷着更正过来了，弄得于新私下里暗叫奇怪。不过后来听他说一开始他就是叫沙欧的，只是让他改了。他喜欢大海，希望能够当一名驰骋江海的船长，但总觉得自己名字里少了点什么，所以就改成沙鸥了，因为沙鸥毕竟是在海边生活的，起码跟大海沾点边啊！"所以你就改成这样的鸟名字了，哈哈！"于新很多时候就这样嘲笑他，而迎来的就是沙鸥的一顿猛捶。沙鸥一直很努力，为了他当船长的梦

想，他说，自己的心一定不会为谁而动的，为了我的梦想，坚持到毕业。但是遇见苏晓后，他把自己的话扔到了九霄云外。

生活中总会有一些浪花，就像学校里严令禁止的“早恋”，总会在一个不经意的时间里，盛开在学校的某一角落。

初见苏晓是在高二分班时，于新清楚地记得当时沙鸥原本单纯的脸上顿时露出兴奋的神情，双眼中迸发的火热让旁边的他都感到不能忍受。“嘿，哥们儿，美女哦！”沙鸥指着刚进教室门的苏晓小声说道。正趴桌子上睡觉的于新猛地抬起头，等他看到门口出现的人影时，双眼也是迸发出野兽般的光芒，然后他转过头笑着对沙鸥说道：“虽说以前你的眼光我是不敢恭维，但今天你的眼光不错哦！”但沙鸥像是没听到似的，眼光只是紧紧盯着朝他们走来的苏晓，等看到苏晓停在他们前面的空位坐下时，他兴奋地低低嚎了一声，右手不自禁地掐住了于新的大腿，于新也是嚎叫一声，但声音中充满痛苦。苏晓疑惑地看向他们两个，目光中满含不解，他们两个讪笑了两声，然后将头深深埋在了书里。

第一次遇见，就是那朵激起的小小浪花，但沙鸥没想到，这朵浪花竟会如此猛烈地激起了他内心的蠢蠢欲动，当然，他更想不到的是自己竟因此而沦落。

沙鸥说，我不管她现在喜不喜欢我，只要我喜欢她，那么终有一天，她也会喜欢上我的。他的爱情观是强势的，这是同桌于新对他的评价。爱情，总是会让人做些昏天暗地的事情，就像这场爱情，被沙鸥弄得全校皆知。人天生就是喜欢围观和八卦的动物，尤其是这些围困在学校囚笼中暗无天日的学生，任何一点风吹草动都会激起他们的兴趣。很多熟悉苏晓的人每次见到她的第一句话就是：“那个沙鸥还在追求你吗？”当然，熟悉沙鸥的同学也在问，“你还在追求那个苏晓吗？”每到这时，苏晓总是无奈地低头便走，而沙鸥却是故作高深地笑了笑，没有做出任何回答。所有人都认为沙鸥只是玩玩而已，就连同桌于新一开始也劝沙鸥别把精力放在这种愚蠢的玩笑里，沙鸥一直以来也不作任何辩解。直到有一天，沙鸥对于新说：“大家都认为我对她只是玩玩，呵呵，感情也没有这么玩的啊！我一直这样保持着对她的屈服，虽然很累，但我这是真的，我要等着，等着她……”说完这些，他就趴在桌上睡过去了。那天是沙鸥的生日，在席上于新看到他一直埋头喝酒，朋友都劝他少喝点，但他硬往嘴里灌，散席后，他吐了三次。于新将他扶进自己的宿舍，沙鸥依旧嘀嘀咕咕地喊着不知谁的名字，但于新知道一定是苏晓。忽然，沙鸥像是一瞬间清醒过来，咋咋呼呼地喊道："哥们，我知道你的事了，哈哈，坦白吧，尹若是谁?"于新的双手僵了一下，刚要出声解释，但沙鸥又垂下了头，沉沉睡了过去。

二

人总会再一个不经意的时间里，不经意的发现另一个人的故事。

一天中午，沙鸥正推着自行车往车棚走，不经意地往前面的花园看了一眼，嘴角不由得抹过一丝微笑。他把车子放在一旁，蹑手蹑脚走进了花园。花园里面有一男一女两个人，那个男生身穿白色衬衫，正是于新，而他边上站的那个女生，沙鸥却不认识。他正要上前打招呼，忽然停住了脚步，只见于新好像说了点什么，那女生脸上抹过一丝失望，随即捂着脸跑了，而从始至终，于新一直都低着头，不知在想些什么。等那女生跑远了，沙鸥才走上前去，于新抬起头，冲沙鸥耸耸肩，无奈地苦笑了一下，"女生，真是麻烦!"没等沙鸥说话，他便转身朝教室走去。在后面的沙鸥分明看到于新从兜里拿出一张粉红色的信纸，揉成一团，扔进了旁边的垃圾桶。

这件事在沙鸥的心里搁浅了很多天，终于还是忍不住询问起了于新。于新的反应却是出奇的平淡，"没事啊，小姑娘不懂事而已!"沙鸥疑惑地看了看于新，"这么说你拒绝了？我看着不错啊!"于新点点头，但沙鸥直接捶了他一肩膀，"小子，这么快就拒绝，也不怕伤人家心啊!""呵呵，这么多人想跟俺好，我都答应她们，那还不累死我啊!"于新自恋地甩甩头，"不过，这年头还有写情书的，小家伙太搞了，呵呵。"对于这些话，沙鸥只是笑了笑。但他看得出来，于新的心里已经乱作一团了，因为他说完那些话后一下午都没有看自己最爱的小说，而且在上物理课的时候依旧拿着一本化学书，不知在想些什么。

她叫尹若，于新说，我与她的故事很长，但没有曲折，仅可能是朋友而已。

沙鸥没有让他讲过那些曾经，因为，每个人都是有故事的，沙鸥总是这样说。他一有时间就会看着前面的苏晓，似乎想要看透她的心中所有的想法，但是苏晓却只是默默地埋头学习，仿佛她的世界里只有“学习”两个字。当然，苏晓也是有故事的，她有个同学，初中的时候追了她两年，现在还未放手。这一切都是苏晓告诉沙鸥的，他们经常一起回家，在回家的路上苏晓将很多以前的事情告诉了沙鸥。在于新看来，他们之间的感情直线升温，并且沙鸥每次上课时经常看着前面的苏晓，露出莫名的微笑。他们开始恋爱了，这是于新想的，但沙鸥没有说过，于新也不会问这样的问题。

“没有开始，所以就没有结束。”高三下学期，当沙鸥这样对于新说的时候，正在吃东西的于新直接被呛住了，“这么说你们根本就没有开始过，那你怎么还对她那么好，两年啊！你给她打了两年的热水啊！如果让我给一个女生打两年热水，她不同意也得同意啊!”沙鸥无奈地苦笑一下说：“我现在已经放下了，卷在这场有头无尾的感情里，我有点累了。”说这话的时候，他的眼中闪出从未有过的疲惫。他曾说他怀念那次在榕树下的拥抱，因为那次拥抱，用尽了他身上全部的柔情。

但是，当再一次的拥抱突然来袭时，真是打了他个措手不及。

三

七月流火，一场清爽的小雨刚刚过去，夹杂着丝丝凉气的轻风吹遍这个城市的大街小巷。高考过去了，结束了一切繁杂事务的沙鸥和于新骑着自行车在街道上肆意地放纵着，似乎想要将压抑了三年的叛逆全部释放出来。感受着汗水流出之后再一点点风干的清爽，沙鸥的内心不由得一阵轻松。忽然，他感觉到身后的于新停了下来，疑惑地转过头，于新看到他转过头来，指了指一边的林荫小道，在那里，两个人紧紧拥抱在一起，而那个露出幸福笑容的被拥抱者，沙鸥是永远不会忘的。当他看到这一切的时候，内心涌上一股无言的悲痛，夹杂着怒火。他的双手紧紧捏住车把手，脸色铁青，面颊的肌肉在不住地颤动，似乎在刻意压制着心中的怒气。“真×××的!”一向

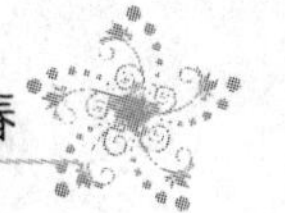

文绉绉的于新不禁爆了句粗口。他把自行车扔在一旁，从边上扯起个东西，就要上前去。但是，还没等他上前，边上的沙鸥便拉住了他，“别去，咱们走！”语气中带着不容反抗的坚决，还有一丝疲惫的沧桑。于新一句话没说，只是深深看了他一眼，便扔下手中的东西，骑上自行车，头也不回地走了。沙鸥骑着自行车在后面跟着，叫了于新几声，但于新头也不回，只是闷头往前骑。沙鸥使劲往前赶，终于赶上了于新，“你到底要干什么，嘲笑我是吗？”于新停住自行车，笑了两声，眼神里透出一丝鄙夷，“嘲笑你，呵呵，你想想你配吗？我以前也是挺佩服你的，因为你有一种锐气，我没有。但现在呢？”于新的双手捏了捏车把手，接着说道，“你现在竟然因为一个女生而忍气吞声，为一个根本不爱你的人而改变，你值吗？”于新说完便用力一蹬自行车，转眼已经消失在街道上。沙鸥呆呆地站在路旁，如同一座忧伤的雕塑，阳光斜照的身影在地上越拉越长。微风吹过，将他身上的汗水吹干，蓦地升起一丝凉意。

过了几天，于新收到了沙鸥发的一条短信：

其实有些事情我们真的无能为力，就像这场感情，痛过之后就会使我们成长！想想以前真是太幼稚，那天不是我的退缩，而是，我真的已经放下了。陪我去海边玩玩吧，也许看了大海的辽阔，我们才能真正成熟。

这是于新第一次看大海，湛蓝的海面掀起阵阵浪花，斜阳映照下，潮起潮落的声音却显得异常宁静。“开始退潮了！”沙鸥的声音在身后响起，于新转过头，看见沙鸥手里掂着两瓶酒，他用牙咬开瓶盖，伸手递给于新一瓶，“坐下吧，看着海，喝点。”说话间他已经坐在了边上的一个石头上。于新拿着酒，看着坐那的沙鸥，忽然觉得他这几天不见，发生了很大改变，气质中多了几分沉稳，少了许多浮躁。沙鸥看他站那不动，举了举手中的酒瓶，扬头喝了一口。于新笑了笑，“呵呵，真有你的！行，哥们儿今天陪你！”说着便猛地往嘴里灌了几口。腥咸的海风不时吹过，伴着阵阵退潮的哗哗声，于新看着倚在石头上的沙鸥，心中忽然涌出一种英雄末路的感觉。这种感觉一出来，于新便自嘲了两下，两个什么都不懂的小屁孩，乱逞什么英雄。不过这风真的有点冷，只穿了薄短衫的于新不自禁地打了几个寒战。

沙鸥扭过头，像想起什么来，在裤子里摸索了一阵，然后掏出半包中

华，从里面抽出一根，扔给了丁新。于新接着，看了一眼，不禁叹了一声，“不错啊，我长这么大还没抽过这么好的烟呢！”“从我爸那偷的！”沙鸥依旧目不转睛地看着海面，一脸淡然。

海风真大，沙鸥拿出火机点了好久才将烟点着，然后又把火机扔给于新。于新接过火机，但没有点烟，而是揣进了兜里，“我很少抽烟，这么好的烟给我真是浪费了！”于新走上前去，斜靠着石头对沙鸥说。

沙鸥吐了个烟圈，将他脸上的表情缭绕成一片迷雾，没有任何声响。但于新能感觉到沙鸥手指的颤抖，他在刻意压制着自己。过了一会儿，沙鸥长呼一口气，然后将吸剩的半截烟头扔在地下，“新，谢谢你陪我！”他的语气中有一种从未有过的庄重。于新没有回答，只是用力拍了拍沙殴的肩膀。沙鸥看了看他，笑了笑，继续说着，“你知道，从小我就想当一名船长，带领我的船只征服那无际的海洋。我曾经张狂，曾经不可一世，因为我的梦想一直激励着我，要实现它，必须要有一往无前的勇气！可是——”他低头自嘲地笑了两声，“可是我错了，现在才明白，要征服那片海洋，靠的不仅仅是莽夫似的没头没脑的勇气，更重要的是要懂得舍弃点东西。”他的声音中有一股莫名的感伤，如同炽烈的火焰忽遇冷水浇灌的呲刺声音一样，幽然短叹。于新没有说话，只是轻轻地拍了拍他的肩膀。沙鸥扭头笑了一下，指着自己的心口说道：“我现在才发现，这里是最容易迷失的，我总以为付出就会有回报的，呵呵，我太傻了！”

他紧紧抱住头，似乎努力克制着不再回忆，但最后只能颓然的放下手，把头倚在石头上紧紧闭上眼。“世界上哪有什么完美的爱情，所有的一切都不过是美好但不切实际的幻想罢了！”一直在边上沉默的于新开口了，“原本我们都以为爱情很伟大，痴痴的等了她三年，也被同学嘲笑了三年。我一直等的就是有一天能告诉我她也喜欢我。但是，真当她来找我的时候，我忽然觉得自己如此悲哀！”

他的声音中有一丝颤抖，仿佛压抑了许久的东西终于被他吐了出来。沙鸥睁开眼，看到于新从兜里抽出那根烟，然后点燃，他深深地吸了一口，闭上眼睛。等他吐了几个烟圈后，才睁开眼睛，看着眼前沉静深蓝的大海，幽幽地叹了口气，“曾经别人说过我虚伪，说过我张狂，花心，还有无知，我都没有在乎过，但她以前跟我说过一句话，我不仅很在乎，我还因为她的那句话奋发过，她说，‘你以为你是真心的是吗？那好，把你的真心抽出来扔掉，说爱，你还有什么资格！’从那以后，我一度妄想用我所谓的真心和坚持去打动她，但是，当我打动她的那一天来到的时候，我却放弃了，这种爱不公平，真的，我，不需要！”沙鸥没有说话，而是静静地看着于新，他知道于新说的那个人就是那天找他的女生，也就是尹若。他也知道于新说的对，现在的他们还真是没有资格去说爱。沙鸥从海滩上捡起一块石头，用尽全力扔进海里，然后看着那石头在空中划过一条白色的轨迹，转眼间被浪花吞噬，“原来我一直都迷失了，在爱情这条路上奔跑了这么久，才发现自己错了，但这又怎么样？这条错误的路，我已经习惯了！”沙鸥低低叹了一声，然后看向于新：“你还在喜欢她吗？”于新笑了笑，转眼看向落日余晖下翻滚的海面，反问道：“那你，还在喜欢她吗？”

夕阳已落，但天际仍然清明……

云默和周舟

■ 晴初

周舟离开的时候，云默没有去送他，而是在以前属于他们的那个秘密基地发了一下午的呆。

云默出生的那个村子有一个好听的名字，枇杷村。枇杷村并没有枇杷，是云开镇最穷的村子。一条由一块块老旧石板铺成的马路让村子与外界保持着联系。

没有钢筋水泥的侵袭，只有一座座竹楼在风中摇曳。

村里唯一的学校是以前老地主家的祠堂改建而成的，教育条件的缺乏，导致村里拥有初中以上文凭的人很少，云默的爸爸就是其中一个。当年云默爸爸一直名列前茅，要不是因为家里条件不好，云默的爸爸现在估计早就上了大学并且离开了枇杷村。

云默的爸爸深知教育缺失会带来很多问题，于是主动留在了村小学任教，成了为人尊敬的老师。所以连带着云默一直以来都受到大家的宠爱。

后来的云默总是梦到那天，遇见周舟的那天。沉寂了多年的村庄，忽然有了一辆汽车的闯入，在村里掀起了一阵轰动。喜爱热闹的云默在车停下的一刻冲进了围观者的最里头，随着玻璃窗的下摇，她一眼就看到了副驾驶座上面那个瘦小苍白的男孩儿。

他俨然一副营养不良的样子，眼里依稀有一些让云默不能理解的东西，后来云默才明白，那些闪烁的东西叫做悲伤。

紧接着从车里面走下来一个美丽脱俗的女子，身上穿了一件紫色长裙，笑意吟吟地站在人群的焦点处，优雅而得体。

云默从没有见过这么精致的女人，枇杷村的女人们都是穿着沉重暗色的麻布衣服。这个女人看起来，甚至比她妈妈更加美丽，要知道她妈妈可是枇杷村数一数二的美女。

不过她更加好奇的是那个男孩儿，同龄的孩子之间总是能够产生好感。在她打量他的时候，不小心触到了他的目光，眼里是深深地不友好，像是看到一堆垃圾一样。所以第一眼，云默十分讨厌周舟。

经过大家短暂的交谈，优雅的女子表明了来意，想在这住一阵子，需要租房子。而正好云默家就有几间闲置下来的空屋，下班了的云默爸爸看到要租房子的两人，就主动提出把房子租给他们，于是就这样周舟母子就成了云默家的邻居。

刚开始云默死活不同意把自家房子租给周舟母子，因为她一直对周舟的那一眼不屑耿耿于怀。可是云默的爸妈都是通情达理的人，完全没有把她的反对放在心上。进入大城市是云默父亲一直以来的梦想，如今周舟母子的到来，自然受到了父亲的欢迎。

就这样，周舟成了云默父亲班上的插班生，比云默大了一个年级。这时候云默才知道，看起来瘦弱的周舟，居然已经十岁了。因为接受过城市的教育，他一来就成为了父亲班上学习最好的学生。

随着时间的流逝，云默早就忘记了刚开始的不愉快，有事没事儿就往隔壁跑。因为周妈妈总有各种新奇的东西，让云默爱不释手。周舟的妈妈叫安娜，云默总是甜甜地叫她安姨。

她给云默讲解大城市里的一切：大城市的女孩儿，都鲜艳得像一只只蝴蝶，喜欢穿红色的小皮鞋，还有可爱的泡泡裙。在周妈妈的描绘下，云默对大城市越来越向往。

安姨很喜欢云默，会给她扎很漂亮的小辫，还给她做了一身好看的棉布裙子。

这一切都是云默妈妈做不了的。云默五岁时，母亲就因为一场大雨之后生了病，一直都靠中药维持着，因为身体的不适，与云默的感情也变得单薄。这样一来，对于周舟妈妈的好感，似乎比自家母亲还要多。

因为安姨喜欢云默，每次云默准备去上学，周舟就被妈妈推了出来，还叫他在学校要好好照顾云默。刚开始的时候，两人也不说话，后来时间长了，云默的不安分因子作祟，上学途中就跟周舟讲以前那些稀奇古怪的事情。周舟一般不答话，但是对于云默的态度，已经没有了那时候的嫌弃。年少的友谊总是来得特别快，慢慢的，周舟也把云默当成了自己唯一的朋友，把自己的玩具枪、变形金刚之类的全都分给云默玩。

没事的时候，云默和周舟就会去屋后面的竹林玩，竹林里还有很大的两棵泡桐树，树上有很多圆圆的小洞，洞里面住着啄木鸟和它的幼仔。

竹林有一个不大高的坎，铺上了竹叶，像一把天然的椅子，云默以前总喜欢坐在那里看啄木鸟飞来飞去，后来她把这个好地方分享给了周舟，于是这里成为了两人的秘密基地。

童年总是过得飞快，转眼周舟便来了半年，个子依旧没有很大的变化，倒是云默，长得比周舟还要高出一些。

眼看着就要迎来青葱的少年时光，云默的妈妈愈发病重起来，昏睡上一整天已经是家常便饭。每当妈妈睡过去的时候，云默就感到万分恐慌，然后就会拉着周舟去竹林里给两棵泡桐树虔诚地磕着头，嘴里嘟囔着让自己的母亲赶紧好起来。

在他们眼里，高大的泡桐无所不能，是神的象征，在树上蓬勃成长的小啄木鸟更加让云默坚信起泡桐树的神奇来。

可是泡桐还是没有起到作用，在一个秋日的下午，本来应该在隔壁教室上课的爸爸眼里含着泪，走进她所在的教室，牵起她的手轻轻地说："快回家吧，你妈妈去世了。"

她隐隐明白些什么，好像又什么都不懂。

关于死亡，对她来说那还是一个很远很远的概念。曾经听周舟说过，他的爸爸就是得了一种叫肝癌的病死了，那时候的周舟哭得像个泪人，云默还不明白为什么他会这么伤心。这一刻，云默的心里好像被锤子砸了一下，脑子里一片空白。

到了家里，母亲已经从床上移到了一张凉椅上，已经没有了生气，甚至都没有来得及跟他们告别。

每个人的脸上都布满了忧愁，看到云默过来，眼里满是怜悯。云默的爸爸找了一块白布将母亲的脸蒙上。大家推攘着想让云默上前，可是她却死死地拉着门边，不敢靠近那具已经冰冷的尸体。伯父拉着她示意她上前去给母亲磕头，她却怕得一直不敢动，伯父没办法，便让她在门口跪着。跪了很久，父亲才把她拉了起来，像是忽然老了几岁一样，眼眶还泛着红。

云默早就哭得说不出话来，眼睛肿得像桃子似的，安姨也伤心得哭着。一下课周舟便跑了回来，看到门口站着的云默，此刻脆弱得像是一片要被风吹走的白纸。

一看到周舟来，云默又一下放声哭了出来，“周舟，我没有妈妈了。”云默声嘶力竭，半天才吐出一句完整的话。周舟体验过这样的感觉，心疼地说：“小默，以后你就跟我一样，叫我妈妈‘妈妈’吧。”

话一说完周舟便被他妈妈扇了一耳光，云默从来没有见到过安姨这么凶的时候。她涨红了脸，低声斥责着周舟的童言无忌。旁观者也指责周舟乱说。看着周舟委屈的模样，云默的心里忽然就生出了些许温暖。

年少的孩子怎么懂得这句话的含义，只是想着把自己所拥有的分给好朋友罢了。因为没有了老师上课，周舟班上停课了。作为唯一的女儿，丧礼期间，云默磕头磕得膝盖都泛起了青紫。她一哭的时候，周舟就站在门边陪着她一起哭。母亲的丧礼持续了三天，到最后散了的时候，周舟陪着云默去了竹林，把一些母亲用过的东西埋了。据说这样，母亲到了阴间，便不会受人欺负了。

云默觉得，肯定是母亲的病太重了，泡桐树都无能为力，倒是把灾难带给了泡桐树。此刻的泡桐树，叶子差不多掉光了，啄木鸟也长大了飞走了，只剩几个空突突的小洞。

云默以为自己对母亲不会有什么感情的，可是每次一回到家，面对空空的床铺，云默就会觉得格外难过。久而久之，眼睛里也蒙上了初见时在周舟眼里看到的哀伤。

自此以后，云默家顿时就空了好多，一下课回家，云默总会看到父亲对着一个备课本发呆。她以前看过，这是父亲用来画画的本子，里面画了很多好看的花草，云默爸爸说过，这些都是用来给妈妈治病的草药，并让云默在去山里玩的时候，留心有没有这样的草药。

可是母亲一去世，这个本子已经完全失去了作用。因为家穷，家里并没有留下母亲的照片，父亲只能以此缅怀着已经不在了的妻子。

而周舟仿佛成了大孩子，像哥哥一样照顾着九岁的云默，虽然从身高看来，周舟好像更应该被呵护。周舟不管去哪都会带着她去，好吃的好玩的也会留给她。安姨更是体贴，打扫屋子的时候也会顺带帮云默家的那部分打扫一下，做好吃的也会给云默家端来一份，偶尔还会给云默买好看的小衣服，也省了云默父亲总是忙前忙后。

周舟妈妈不用工作，也不用像其他人一样种地，但是生活却十分富裕。

就这样又过了大半年，云默慢慢从失去了母亲的悲伤中走了出来。

云默十岁生日的时候，安姨去城里买了一个小小的蛋糕，是以前云默从来没有看到过的东西。那天晚上，云默爸爸也似乎很开心，脸上的笑容明显多了很多。

最开心的要数周舟了，自告奋勇地在蛋糕上插了十根蜡烛，示意云默闭上眼睛许愿。云默闭着眼睛，虔诚地祈求着蛋糕，希望周舟和安姨会一直留在这里，就像她当初在泡桐树下祈祷过的一样。

生日过后不久，便有流言四起，说一向受人敬重的云老师居然跟寡妇有苟且之事。更有甚者，说云默的妈妈便是发现了云默爸爸和安姨的情事被刺激死的，还说安姨是在城市里做皮肉生意的，所以才会带一个没爹的孩子藏到枇杷村。这些话传着传着，变得人尽皆知起来。

有个好事的人曾悄悄拉着云默问周舟的妈妈是不是总跟她爸爸在一起，云默懵懂地点头，觉得他们四个人总会一起吃饭啊，安姨做的饭好吃，所以她总是想去周舟家吃饭。

好事者更加好奇，追问云默有没有看到过爸爸和安姨晚上睡在同一间屋子里。虽然云默年纪尚小，但是依稀能够明白睡同一间屋子的必须是爸爸和妈妈。

她涨红了脸凶凶地朝着那人吼了一句没有，那人猥琐地笑着说：你的安姨，说不定会成为你的妈妈哦。

云默再也忍受不了，快步朝家里走去，周舟喊她她也装作没有听到。回到家中，她质问自己的爸爸是不是真的要让安姨做自己的妈妈，虽然她很想有一个这样的妈妈，可是被别人一说，就像她偷了东西被人抓住一样，说着说着就忍不住哭了起来。

云默爸爸慈爱地擦掉她的泪水，轻轻伸出手抱着她没有说任何话，已经很久了，爸爸很久没有这样抱过她了。

爸爸轻轻叹了一口气，转过头看着她坚定地说：“你这一辈子，只有一个妈妈，现在已经不在了。”听到爸爸这样说，云默哭得更加难过。

第二天，周舟来找她上课，云默想起父亲说的话，对周舟莫名的敌意也消失了。云默到了班里，有顽皮的小孩儿便凑过来说，云默的小男朋友就要变成哥哥了，云默就要多了一个狐狸精一般的后妈了。云默一直忍着，没有说任何话，只是趴在自己的桌上。那个小孩儿看云默这样更加来劲，一直讲着各种不堪入耳的话，那些话都是从大人口中说出来的。

有围观的同学立马跑去告诉了隔壁的周舟，周舟像是发怒的狮子一般，一拳打在那个男生的脸上，瘦小的他忽然有了强大的爆发力，那个男生还没有来得及反应，就被周舟按在地上一顿揍。后来云默的爸爸赶来制止了这场闹剧，把周舟赶回了家。

放学了之后，云默飞快跑去周舟的家，周舟被安姨罚跪，额头上堆满汗水，似乎已经跪了很久。云默看着周舟这样不禁有些心疼，安姨好像并没有在这，云默拉了周舟就想往门外走，周舟有些站不稳，起来的时候险些摔倒。周舟没有说话，知道云默想要带他去哪儿。

只要到了竹林，什么烦恼都没有了。到了竹林的时候，两个人又像往常一样在天然凉椅上面坐着，各自发着呆。竹林变得十分荒芜，没有了树叶和啄木鸟的泡桐树，像是两个孤零零的老人。

等到他们回家的时候天色已经发黑，院子里聚集了一群人，云默认出中间那个就是自己班那个被周舟揍的男生。男生的家长正在激动地讲着些什么，隐隐约约夹杂着一些脏话。

听得最清楚的就是那句：“云老师，亏大家这么敬重你，没想到你这么快就找了一个姘头，还任由那个小杂种欺负我娃。”

听到这句话，安姨的脸一下子就白了，云默爸爸也是，额头上都爆出了青筋，一字一顿地说：“大哥，你说这话要讲究证据，大家都是屋里屋外的，说这样的话太难听了吧？周舟打了你儿子是不对，可是你作为一个成年人说这样的话不觉得很羞愧吗？”

男生的爸爸自知理亏，不发一言。这时候安姨有些颤抖的声音响了起来，明天我们就搬走，这一年多来承蒙大家照顾，给你们带来了不便，希望你们能够谅解。然后去屋里拿出了一百块钱递给那个男生，让他去买点药。看到周舟妈妈话说到此，大家也不再说什么，慢慢地就散去了。

云默转过头看着身边异常冷静的周舟，心里又开始了妈妈去世时的那种恐慌感。院子里剩下仅有的四人，最终安姨打破了沉默，温柔地说："就要走了，大家一起吃最后一顿饭吧。"

云默爸爸很礼貌地回应了一个笑容表示赞同，笑容里却充满了愧疚与苦涩。

仿佛没有人考虑到周舟和云默，两个大人自顾自去忙自己的事情。周舟要走了，云默却像是忽然变成了哑巴，不知道该说什么。

最后的一顿饭异常丰盛，可是大家都没有吃些什么，晚饭过后，安姨把云默叫到一边，很诚恳地解释着她和父亲的关系：只是因为爱好差不多感到惺惺相惜，就像是刘乘风和曲洋一样，只是知己而已。

那时候的云默还不知道刘乘风和曲洋是谁，也不懂惺惺相惜是什么意思，只是直觉安姨和爸爸并不是像大家所想的那样。

安姨还说："小默，这世界上最可怕的不是贫穷，而是根深蒂固的愚昧。谣言的力量可以摧毁一切，好好学习，长大了一定要离开这里。"

云默似懂非懂地点了点头，把这句话记在了心里。

云默还没有来得及跟周舟告别，便被爸爸叫回了家。一晚上，云默都在做噩梦，梦里面，周舟被那个男生推下了悬崖，她一直哭一直哭，却动不了，只能看他掉下去，安姨为了救周舟，奋不顾身朝悬崖奔去，安姨掉下去的时候，还在叫着云默说："小默，一定要离开啊！"

云默忽然被吓醒了，发现眼泪鼻涕把枕头都打湿了。

隔壁屋的云默爸爸没有睡着，轻轻地说："明天你别上课了，去送送周舟吧。"云默没有说话，只是忍着不让自己哭出来。

她又梦到了妈妈，跟周舟和安姨一起在前面飞快地走着，她一直跑啊跑，喊啊喊，始终没有人发现她。

第二天一大早，安姨便收拾好了行李，穿着她来时穿的那件紫色长裙，

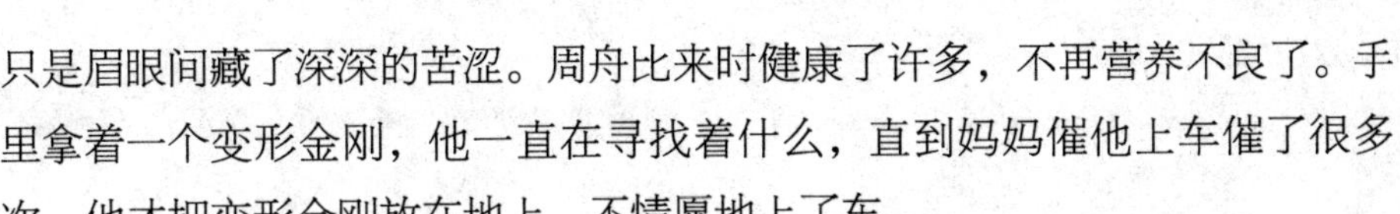

只是眉眼间藏了深深的苦涩。周舟比来时健康了许多，不再营养不良了。手里拿着一个变形金刚，他一直在寻找着什么，直到妈妈催他上车催了很多次，他才把变形金刚放在地上，不情愿地上了车。

周舟离开的时候，云默没有去送他，在以前属于他们的那个秘密基地发了一下午的呆。他随着那辆昂贵的车驶出了村头，这辈子大概是再也不会回来了。

在一学期结束以后，疲惫的云默爸爸辞掉了教师的工作，卖掉了自家的老屋，带着云默去了那个叫做城市的地方。

他们说，云默父女是去找周舟母子了。

可是他们却不知道，城市那么大，慢慢长大的云默，再也没有陪在她身边的周舟了。

旧梦如初

盛夏光年

■ 孟起

这是座掩藏在黛山媚湖中的小镇。

江南的山缺了那鬼斧神工，倒净透着婉转缠绵，仿佛是女儿家的翩翩起舞与濯濯浣纱；这舞步恰恰又浸染在碧绿的水中，便妖娆曼妙的令人钦羡、垂涎。山连着山，山倚着山，绵延数百里，都仿佛是海棠醉卧，不胜慵懒，云鬓散乱的姑娘，闪着、笑着、羞着、遮着，却围了一片空地。空地便成了她们眼下的镜儿、脂儿、花儿、钗儿，默然着，沉稳着，消瘦着，迷离着。

空地中，一半是陆，一半是湖。湖成了饕餮，只几个来回，便鲸吞了山女儿的媚态，咄咄地映在面儿上，仿佛炫耀不迭，生怕谁人不知。但终究轻浮荡漾了，反展了媚，藏了濯，倒让人看轻了。何况又少了北水的肃穆和豪迈，于此静静地盘桓，便生出了许多世俗和情仇，再被人间烟花熏熏一染，就醉倒柳间花巷，不愿起身了。

而这小镇，就偎在她旁边，催生了白墙黑瓦，桃红柳绿，以及微濛细雨的青石板路。媚湖便也把小镇吞入口中了。

惠子端坐在门口的长椅上，看着草地上轻风过后的微微波浪，一闪一闪，一叠一叠，掩了过去，又折了回来，不禁想起了前年去内蒙古时目睹的风吹草低之景。心里慢慢盘算，这是又差了几个档次的。内蒙古的草是来势汹汹的，沾染着大草原的奔驰与豪迈，粗犷与壮硕，仿佛借着风，能像雄鹰般飞上天空；相形之下，眼前这江南的草则满是娇羞与不足之态，莺莺燕燕的纵然说着吴侬软语，也遮不住那无力挣扎的怅然。

这是一个夏日的黄昏。

江南的夏天是江南的魂，它潮湿粘黏宛若厚重的阿物，压得人喘不过气来。男人与女人无不蜷缩在这份焦灼之下，背脊和额头始终挂着点点晶莹，沁湿了衣，沁湿了肤，直沁到层层叠叠的心里去，沁的人失了力气，丢了脾性。然而却是这份焦灼和潮湿，才能让江南草长莺飞，桃红柳绿，才白了墙，黑了瓦，青了石板，点了朦胧。才给了这夏日几分舒缓与柔情，消了些许挣扎和急迫。

惠子眯起了眼睛，注视着天边的积雨云。在夕阳的渲染下，仿佛无心人散落的水果硬糖，若不是侵入视线的建筑不识趣地做了参照物，似乎一伸手就可将其擎在手中。拿到手后自然就是再放入口中，若比起冰箱里文若送的那几盒，大概别有一番风味吧？再抬头看时，那硬糖分明化了，化了便散开了，然而散开后的那份甜腻却怔怔地留存着，驱也驱不掉，赶也赶不走。

说起文若，惠子刚刚转走的心思便又回到了他身上。文若是晚上十点的火车，这会儿，大概正在家中收拾着行李并聆听着父母的谆谆教诲吧？要去哪里？自然是去上大学。为了这所大学，文若忙了整整一个暑假，到头来忙些什么？文若不说，惠子也就没问，可无非是走家串户，拜访亲戚朋友，购置必需品，以及一场毕业旅行。大学未必是什么好大学，在上海那个高校林立的地方，这所大学就像刚出阁的姨娘，羞羞的，涩涩的，盼于见到众人，却又束缚着半遮半掩。到头来，名字虽然细声细气地说了，却未曾给人留下什么印象。惠子特意去查了查，网上成篇累牍的介绍着建校历史，并且不忘附上照片以显示环境优美，师资雄厚。冠冕堂皇！惠子这么讽刺道，可撇撇嘴撇下一片鄙夷后，心中却记住了，连那拗口的名字都忽然间记得清清楚楚，再和谁谈起，对方要思索半天，倒是自己脱口而出，脱口而出后连自己都目瞪口呆了。

高考后，惠子便自知大学无望。好在自己也未曾对大学着意，便没了那诚惶诚恐的失望之心，连带着父母，也因为根深蒂固的男女思想，没对女儿的文凭做过多的要求，只想着上一个大专，学会某个技能，出来后父亲会给找一个稳定的工作，然后待字闺中，等着嫁人——倒是嫁个什么样的人才是众所关心的事情。父母的争强之心便就这么用错了地方。惠子呢？当然也是有争强之心的，这份争强之心被青春小心翼翼地包裹着，开始时是一番自己的模样，但走着走着，就跟上父母的步伐了。倒也不是不想反抗，虽然谁家优秀的姑娘也被众人传扬过，但到底不如嫁了优秀的男人令众人钦羡。这么

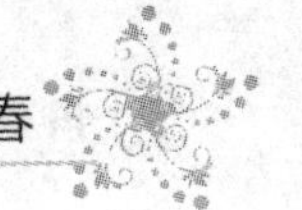

一来，连反抗的心思也丢光了。徒剩落了一地的不知所措，挣扎着，叫嚣着，但怎么也不能拼凑到一起去了。

而文若，经过了数十天的紧张与静默，出成绩的那天，竟不偏不倚地考上了。举家欢腾了一阵，就好像古时中了进士，走家串户拜访了不少人，这其中当然不乏相距不远的惠子家。惠子的母亲忙忙地沏茶，满口都是夸大其词的赞扬，“文若以后一定有大出息!”。反倒弄的文家不好意思起来。本意的确是炫耀，但访了这么些家，忽然发现这炫耀过了头，连亲戚都颇多口角，何况其他人？不过是一个讪讪的二本，资本太少，炫耀反丢了脸。于是赶紧诉苦：男孩子，以后有的心操了，不像女孩子，给父母省了多少事儿！这话也不求得到响应，便沉在淡绿的茶水里，咕嘟一口，喝进肚子中去了。倒是惠子的母亲，听了这话，脸上的笑容直挂到了额头上。惠子转过了脸。

转脸便看到了坐在一边不好意思的文若。本想转开眼，但他抢先笑了，便只得还以一笑，然而终究还是勉强的。文若踌躇了一下，讨好道：“惠子，有时间可以来上海找我玩。”

文若和惠子高中同学了三年。这三年极其漫长，让这些盛气凌人的花朵耗费了大量力气。惠子知道文若的心思，他不是一个安定的人，想要出走的想法就差没写在脸上。然而惠子却喜欢稳妥的过活，能考上大学自然是好的，考不上也无所谓。文若着实努力了一把，惠子却一点都使不上劲，大概目标不够明确所至。何况女孩子到了此时，满脑子都是自己小小的心事，哪容得下别的东西插足？和文若的关系的确是细细地想过的，但那边不表示，难道要自己去表示吗？何况时至今日，都走到高考的门槛了，再忽然生出这样的事情，大概是谁都不愿看到的吧？宁愿忍过这几个月，等六月后再说。

文若的成绩本来极差，高一高二大部分时间都在睡觉和上网中度过，人们断定这人将浑浑噩噩过一生，不想在高三时忽然开了窍，起早贪黑地用起功来。男孩子的后劲极大，竟硬生生的从年级倒数直逼班中优秀，把老师和同学都吓了一跳，这也成了日后文家四处串户的由头。细细想来，考上二本竟是没考好了！老师说不如再复读一年吧，然而文母却知道孩子的心性，文若心浮，能忽然努力这大半年已属奇迹，再想来一年，简直是天方夜谭。如今考上了二本已与初衷大相径庭，心满意足了。于是忙着采买生活用品，回老家探亲，毕业旅行，再跟着就是……暑假一晃眼竟已近了尾声。

惠子等了一个暑假。起先紧着文若忙，那时人心惶惶，没有闲情顾这些儿女之事。可暑假转眼即逝，那文若竟似全没放在心上一般，气的惠子决定不再理他。事后细想，难不成自己平时藏的太深，那木讷小子竟没看出来？随后又否定了，隐然间自己已经颇费心力，再要明显就只能亲口说了。况且这种事情，本就是有心人方能看到，如果无心，做的再怎么巧妙也会被熟视无睹。至此，惠子恨极了文若，再没和他说一句话。

文若也察觉出了什么，无论是短信还是 QQ，惠子都毫无回音，可偏偏又没当面问过。惠子曾想，若是你当面问了，那么就告诉你。可文若仿佛犯了倔，短信上问了一遍又一遍，但一见面就和没事人似的，只是怔怔地笑，气的惠子也忍不住笑了。但笑过之后不代表和好，惠子铁了心。嘴巴紧紧地闭着，不与他说一句话。两人就这么僵持着，直至文家过来拜访。

让我们再回到文家来到惠子家的那一天。文若对惠子说："惠子，有时间可以来上海找我玩。"惠子则是愤愤不可自遏，差点就尖叫起来。被你取了巧！惠子暗暗恨道。嘴巴不想动，但分明感到了左右几双眼睛瞧了过来，小孩子家的问话，反而吸引了这两对开不出口的大人。

"上海有什么好的？"惠子淡淡道。可语气虽淡，语意却浓，浓的呛人。

"上海……"文若吹嗫着，想不到惠子竟将话顶了回来，无言可答了。

惠子开了口，内心的憋闷竟似找到了出口，一股脑地涌上来，直往嘴边冲，拦都拦不住。可要说上海有些什么？自己并未去过上海，又怎么妄加评论呢？无意间看到桌上摆着的书——王安忆的《天香》，自己最近正在阅读，便脱口而出道："在二十四桥四百八十寺的眼中，上海的玩意是雕虫小技了吧？要根基没根基，要浮夸没浮夸，想去染江南的情怀，却少了那份春色。只得东学一缕，西学一簇，最后，反而学的四不像了。甚至还不如北京，虽然荒凉清颓了些，却有着那股深入骨子里的京味儿，放在口里，嚼都嚼不烂！"

文若涨红了脸，一时之间找不到词来答，窘迫的不知所措。反是惠子的妈妈出来解了围，哈哈一笑，道："瞎说，小孩子家懂什么！"

文母赶紧出来圆场，道："你还别说，上海是没啥好的，乱哄哄的，房价又死贵死贵的，不是我们这些平民百姓待的地方。”言下之意，竟似已成了上海人了。

至此，大人们的话题被愈发攀高的房价带走，一边热闹去了。然而那两个小人儿，却闷闷的不再言语。

惠子微微叹了口气，长椅旁的冰镇柠檬红茶已经于杯边细细密密布满了水珠。她拿起轻轻喝了一口，顿时一股凉意直窜足底，但在这夏日跋扈之下，那凉意一闪即逝，不见踪影。惠子仰头看了看藏在云窝中的夕阳，它已经在这一片烟波浩然中渐行渐远，而这个冗长乏味并夹杂着叹息的夏日也将走向尾声。以往明明最讨厌夏天，生机再是盎然也掩不住滚滚热浪的侵袭，抑或说，正是这一拨又一拨的热浪才令生机颇显盎然。那时，开着空调，躲在屋里面无论如何也不出来。可如今却开始不舍了，这份不舍不是潜藏在心中微微露头的想法，而是透过浑身肌肤散发出来的浓的醉人的感念，刚才下肚的红茶仿佛知趣地浸染到了心角，酸涩的几乎要掩胸皱眉。啊，这场盛夏，就要过去了。

惠子的小小心事唯有山玲知道，却是山玲看出来的。女孩子家心细，一个眼神，一个动作，都会浮想联翩，何况惠子那颇为蹩脚的藏情之法呢？看明白了也不说破，冷眼旁观这两人的做戏，不禁觉得愈发有意思。山玲继承的是江南姑娘的温婉回肠，最是能体贴人。于是暗中帮了惠子不少，倒也不是刻意地做什么，不过是聪明的给两人创造机会罢了。然而有时也难免着急，恨不能以身作则。但没办法，这两人似乎是天生的冤家，无论如何都悬着吊着，不给结果。

在七月份的时候，山玲来过惠子家几次。八月份则是外出旅游去了。这令惠子觉得，这个暑假所有人都很忙碌，唯有自己过于清闲。山玲一来，两人便躲进空调屋中不出来，要么打开电脑一起上网购物，要么七长八短聊着各种八卦，总之全是小女儿闺房的调调，莺莺燕燕的，不可告人的。

那时山玲也听说了文若考去上海的消息，为此特地和惠子说了不少。大体如下：

我有个朋友啊，去年也考去上海了。那个地方，城市太大，很繁华。但难免纸醉金迷灯红酒绿，人就很容易晃花眼睛。晃花了眼就走错了路，走错

了路就迷惑了心。那时呀，左也不是右也不是，就像丢了魂。上海处处留人，地地绊脚，本是个大好的男孩，也沉浸在其中去了。更是交了不知道几个女朋友，感情的事情闹得一塌糊涂。上海那个地方，终不是我们去的。若一定要去，还是先练就一身金刚不坏之身吧。

为什么要说这些？惠子自然明白。这一番话的目的无非是提高惠子的警惕。惠子的内心本是一直隐隐觉得不好，如今山玲说了，那“隐隐”则藏不住了，汩汩地流了出来，越积越多，心中不禁害怕起来。但面上依然强作镇定，淡淡道：“若那男孩本就定心，也未必会吃这迷药。”

说了这话，连自己的都打了一个咯噔，文若是否是个定心的人，想必自己是最清楚的吧？这岂不是自欺欺人了？

山玲偷偷笑了起来，眼神中尽是狡黠与可爱，她道：“嘴硬也没用，事实胜于雄辩，不信呀，等着瞧。”

惠子可不想打这个赌，但嘴巴上犹自不肯认输，颤声道：“好，咱们就看一看。”

山玲终于忍不住，笑出声来。她一把扑进惠子的怀中，揪住了她的脸，说：“看你硬到几时，火烧眉毛了还不知道！”

惠子幽幽叹了口气，好似一个待夫而归的怨妇，着实把山玲吓了一跳。“成魔了成魔了！”山玲自顾想着。

“总不能我来说吧？”惠子不依不饶道。

“那又如何不好？”山玲眨着眼睛反问，“女追男隔层纱嘛！文若本来就木讷，虽然内心聪明，但嘴巴上就是不会说。你呢，已占尽了势，早压住他了，还怕什么呢？这会子，还去争什么强好什么胜，到头来苦的不是自己吗？我劝你啊，收起那份脾气，正正经经地去把话说了，才是好事。”

惠子低头默默地想着，这话何尝不正确？但若要自己拉下脸去说那些话，那又是决计不成的。

山玲走后惠子陷入了无止境的沉思之中，女孩子家的千转回肠尽是用到了，那些念想也在那心肝中转了几转，可惜最终依然没有结果。待某天打开空调屋的门，抬头一看，赫然发现暑假已经所剩无几。那颗心就这么沉着浮着，眼看便要哇的一声吐出鲜血了。对于文若的愤懑正是始于此。

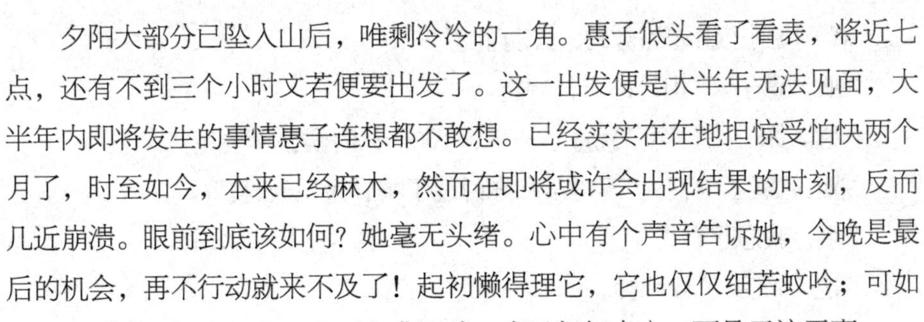

夕阳大部分已坠入山后，唯剩冷冷的一角。惠子低头看了看表，将近七点，还有不到三个小时文若便要出发了。这一出发便是大半年无法见面，大半年内即将发生的事情惠子连想都不敢想。已经实实在在地担惊受怕快两个月了，时至如今，本来已经麻木，然而在即将或许会出现结果的时刻，反而几近崩溃。眼前到底该如何？她毫无头绪。心中有个声音告诉她，今晚是最后的机会，再不行动就来不及了！起初懒得理它，它也仅仅细若蚊吟；可如今越来越大，越来越大，大到发聋振聩，惠子想赶走它，可是无济于事。

去和他说？

这个想法的出现令惠子惊讶不已，它蛮横地霸占了心中的某个醒目的位置，只要一窥，便赫然出现，只把人给吓一跳。

这可如何是好？惠子将头埋进了臂弯中。

晚饭是一碗绿豆粥和一个苹果。经过了一个暑假的休闲与调养，身上忽然多了几斤肉。这在女孩看来是大忌，是比世界末日还要重要的事情。于是八月的后半段，晚饭均是这般简陋。餐桌上父母则是叮嘱个没完——惠子这才想起，数天后自己也要去学校了。可那些事情仿佛毫无重量，惠子不住地点着头，其实却一个字也未曾听进去，甚至连怎么吃完东西怎么回到房间都是浑浑噩噩不知所以的。

打开电脑后，惠子想用网络带走自己的注意力。但平时流连忘返的购物网站如今却着实的失了颜色，丝毫吸引不了自己，其他的有趣咨询也味同嚼蜡，倒是屏幕右下角的时间令她频频侧目，七点二十七，七点三十一，七点三十九。时间跳动得很快，惠子的心也越悬越高。

别折磨自己了，去和他说吧。想着，竟腾然站起了身，拿起手机。

电话簿中找到了文若的名字——本想把他放在第一个，但是为防止某天他翻看自己的手机而发现，所以刻意将其藏在众人中——按下了拨号键，时间似乎静止了。

“不行！”耳边如同响起了一声炸雷，惠子匆忙按下了停止键，手机差点没拿住而掉落。好在就这么两秒钟的时间里，电话还未拨出去。她左右看了看，似乎震慑于刚才的威吓。可那威吓，又何尝不是自己的挣扎呢？她心有余悸地抚平心思，思考下一步的动作。

惠子找到了山玲的号码，拨通了它。

“喂，惠子。”山玲的声音响起。

“嗯。你……”惠子犹豫了一下，“你什么时候去学校呢？”

那边迟疑了一下，“不是早和你说过了嘛，大后天呀。”

“哦，我忘了，忘了。”

两边都沉默了数秒钟。

“就是为了问这个？”山玲打破了它。

“不是不是。”惠子赶紧摇头，也不管山玲能不能看到，“我是想，上次你在商场看到的那套裙子，明天去买了送给你吧。”

“呀，怎么突然变得这么客气了？”山玲的声音变得怪怪的，“是啊是啊，夏天都快过去了，再不买来穿就来不及了。”

来不及了。这话令惠子周身微微发颤。结果自然是又犹豫了，半天不说话，山玲也懂事的不催促，两人就这么沉默着。

良久，惠子仿佛下定了决心，说道：“呐，山玲，我问你个事情。”

“什么？”

惠子顿了顿，道，“你觉得，一个男孩若真心喜欢一个姑娘，说出自己的心意应该不是难事吧？”

“唔……”山玲在那边小声嘟囔着。

惠子很期待她的答案，可为什么期待？自己心里自然是明白，但却说不出口。

“那可不一定。”山玲回答说，“你钻牛角尖了，怎么会说出这么片面的话呢？”

惠子心中闪过一丝失望，然而在失望中又找到希望——果然还是不能断定他对我是喜欢还是好感。惠子暗自摇了摇头。

“喂，那句话你和他说了？”山玲问。

“哪句？”惠子明知故问，做了最后的挣扎。

“啧啧，跟我打起哈哈来了。你说哪句？”

“唔……没有。”

山玲在那边传出一声叹息，无奈道：“我啊，真是佩服死你了。”

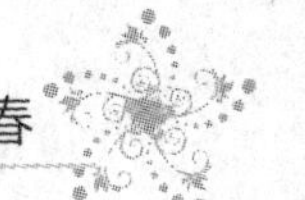

“就算说了，若是被拒绝，以后还怎么见面呢?”

“怎会?”山玲讶异道，“我看你们平时挺好的呀，怎么会有这样的顾虑呢?”

“那也未必!”惠子思考着平时文若的举动，越想越摸不透了。对自己的好感自然是有的，可说到喜欢不喜欢，却又拿不定主意了。何况从表面看来，他和很多女孩都这般要好。也许包括自己在内，文若对女孩的体贴都是少年心性在作祟罢了。

“你呀你，唉，罢了罢了，我啊，可拿你没办法了!”说着山玲挂了电话。

惠子抬腕看了看表，八点钟了。

要么，干脆就别理他了?

是呀！为什么还要理他？既然喜欢，就应该说出来，让女孩子去说，分明是不够体贴。如果连这些细节都注意不到，还叫什么喜欢？如果不喜欢，一天到晚摆出那副温柔的姿态算什么？趁早放开手，两个人都轻松！已经迫不及待地去上海了吧？你就去吧！去吧！让那些狐媚子抽干你，一辈子也别回来!

惠子愤愤地躺在床上，床边的巨大公仔成了发泄的对象。那公仔被她撕扯的变了形，走了样，表情扭曲面目可怕。但好在质量颇好，没有断胳膊断腿。

公仔受尽了折磨，被扔到了一边，惠子则安静了下来，微微有些喘，然而发现房间唯剩这轻淡的喘息声后，反而陷入了沉思。

说到文若，自己应该是非常了解他的吧？心里明白事情，却是个没嘴的葫芦，平时上讲台说话都脸红，若要他当面表白，大概连自己的舌头都会磕磕巴巴地咬掉吧？做了体贴的事情也不会讪讪地说，只是一个劲儿地傻笑，那样子纵然窘迫，却可爱极了。想到这里，文若那张被自己的话封的紫胀的脸便跃然眼前，惠子忍不住笑了。

是自己太执着，连思考都变得不冷静起来。

惠子又看了一下表，快八点半了。此时，天已经完全黑了下来，房间没开灯，只有电脑屏幕在淡淡地闪着光。惠子起身站到窗前，盯着外面月光皎

洁的景致发呆。

平时，什么事情不是自己出头呢？遇到什么事情，文若都是无可无不可的态度，每次反倒是自己这个姑娘家出面做主。这成什么啦？事到如今，连表白都要自己来说吗？难道你已经习惯了这种万事我来做主的状态了？我也想撒娇，我也想惶恐的问你“怎么办”，我更想被你表白后霸道无赖地拥入怀中！但你啊，怎么什么都不懂呢？

怎会喜欢上这样的男人？惠子苦恼地摇了摇头，然而事实是，已经喜欢上了！

罢了罢了，还是自己开口吧！他接受也好不接受也罢，事已至此，豁出去了，就让你这个男人见识到自己的懦弱吧！

电话簿又被打开，惠子停在文若的名字上。

电话接通后，可就没有挽回的余地了。惠子想，心中忐忑不安，小小的心仿佛一下子被勒紧了，如果他拒绝该怎么办？要先做好心理准备，并做好对策！保证万无一失，即便拒绝后也能全身而退。

可一想到他会拒绝，惠子的心便乱了，哪里来的什么计划什么对策？若是他拒绝了，似乎什么念想与希望都破灭了，自己这样一颗高傲的心，大概以后都无脸面与他再见。再过得两年，便会形同陌路了。那么，自己这三年来算什么呢？什么都不算！它会成为过往的一页，被迷迷糊糊地扔去脑后，随匆匆而过的时间斑驳陆离，不知所踪；会被打上“过去”的烙印，成为未来标榜往昔的坚实证据，它证明我们已“过去”。惠子越想越悲哀，鼻子中分明涌起了一股酸涩，眼泪就差夺眶而出，她用力压了压，不让它越界。然而，心中却有个声音在大声地说：我不要它成为过去！

母亲敲响了门，走了进来。屋中的黑暗令她止了步，嗔道：“怎么连灯也不开？”下一步便按了墙上的开关，屋中顿时一片通亮。惠子还在盯着窗外，突然的亮光一时难以适应，不禁眯起了眼睛。在灯光的映衬下，月光霎时间不知去向，窗外的黛山媚湖也失了颜色，黑黢黢的隐入暗夜，唯剩轮廓。

“吃点西瓜吧。”说着，母亲将一碟切好的西瓜放在桌上。

惠子看了一眼时间，将近九点。

“怎么了？身体不舒服？”母亲觑出了一点端倪，追问着。

惠子摇摇头，走至放西瓜的桌前坐下。她不想让母亲知道些什么。

“过几天就去学校了。”母亲感叹着。

惠子自顾地吃着西瓜，母亲的感叹如微风轻掠耳边，之后便不明去向。她的脑中那两股声音争斗得很激烈，已容不下他物。

“山玲后天去学校。”惠子无话找话道。

“你上次就说啦。”

说了么？惠子不禁扪心自问。

沉默良久，惠子忽然起了好奇心，道，“对了，文若好像是今晚的火车吧。”明知故问了这句，心脏扑通扑通作响，头依然低着吃西瓜，眼睛却抬了起来，偷瞄母亲的表情。心中翻腾着，这份不自然的自然而然是否自然？

“是吧。”母亲皱眉想了想，也不甚确定，这样的回答不知是反问还是答案。

“这一走，可就很长时间见不到了。”惠子不甘心，更进一步，口中的西瓜子都不及吐出。

“的确。”

母亲的回答非常简单，且之后就没了下文。对于这个邻家男孩的兴趣显然不如自己的女儿来得大。此时她心中所想大概全是惠子几天后去学校的事情吧？然而惠子不依不饶，还待要问些什么。可问些什么呢？何况，即便问了，那么到底想从母亲的口中知道些什么呢？这份好奇心从何而来？想到这里，竟连已化成汁水的瓜瓤都无法下咽。

母亲走到柜子旁边，住校所需的东西已打了一个包，预计还要准备一个小包。女孩子住校如同搬家，什么都不舍得放下。皮包被胀得鼓鼓囊囊，昨天和丈夫用了九牛二虎之力方才合上，在还没到校之前，可不能轻易地打开。进屋前本想再替女儿检查一遍，可看了眼前的状况，放弃了。

惠子这一走，房间可就空了一大半了。床和柜子自然不能带走，床单枕头则要收起来，毕竟近半年的时间将没人睡。许多平时积攒的挂饰和小玩意均要被带走，而带不走的那些，既成不了气候，反而添了寂寥与幽然。电脑沉重，只能留守。巨大的公仔将会被寄到学校，因为实在不便于携带。惠子已经习惯和它一起入睡，所以不能独留它在家中，且女人很容易习惯上，一旦习惯上了便不容易放掉。但现如今，那毛熊公仔只是安静地斜靠在白色碎粉花床单上，还不知道几天之后将跟随女主人远涉他乡。其他的东西，仿佛花事已了，凋敝的凋敝，谢落的谢落，落寞在那一张张泛黄照片的向荣之后，悄然无声了。

惠子只吃了两片西瓜便又回到了电脑前。母亲则是又一番嘱咐，诸如不准夜不归宿，不准乱和社会上的人来往，不准去酒吧，不准交男朋友等，惠子一如往常毫无反应地听着——其实并非听着，而是完全没有在意。母亲说了大半天，发现果然还是毫无效果，倒也习惯了，便住了口，端起果盘走了出去。

惠子打开 QQ，找到了文若的头像，却并未在线。或者是隐身了？不对，文若既没这个习惯，且现在忙着收拾东西，哪还有时间泡在网上？何况，就算在线又能如何呢？和他说话？给他留言？说些什么？别说笑了，自己怎么可能拉下脸来呢。估计现在他正满心洋溢着兴奋和激动吧？一想到他那涎着脸的样子便无比气愤，恨不能打肿它方才甘心！

惠子又低头看了时间，九点一刻，分别的时刻马上就要来临了，心中一阵怅然的慌乱。她手足无措地再次拿起电话，停留在拨号键上的大拇指仿佛被千斤力量拉扯着，始终按不下去。

为什么如此急迫？明天不能说么？后天不能说么？有 QQ，有电话，什么时候不能通传消息，又何必这般苦恼？是什么在作祟？是什么失了控制发了疯？退一万步说，到了寒假不就可以见面了吗？那时再当面说又有何不可？这，到底是怎么了？

惠子按了按自己的胸口，仿佛要那颗呼之欲出的心脏平静下来。然而却适得其反，越是让自己冷静，那股急不可待的感觉便越是突兀。还想用“是呀，既然并非迫在眉睫，那么就由他去吧！”这样的话来安慰自己，但这分明的自欺欺人反而令自己更加不知所措。此时惠子的心被焦灼急切挤压着、玩弄着、悬浮着、忐忑着，再如此下去，惠子就要放声大哭了。

这个暑假纵然是在闲着，但那颗小小的心却未曾闲着。在思索什么？总的说来，无非是一段有关青春的回忆。那是一段什么样的时光？那是一段被火热充斥的如疯似癫的无可奈何的时光，短暂的甚至来不及惊鸿一瞥。这时光犹若破土而出的嫩芽，是困顿的，艰难的，却又是挣扎的，渴望的。露头的那一刻，即被汹涌而来的新鲜空气仓促的呛着，被眼花缭乱的花花世界迷离着；又要手舞足蹈又需安分守己，又妄惊天泣地又需墨守成规，无时无刻不生活在进退维谷不知所措之中。连梦中都是徘徊在顶峰与深渊间游移不定。

然而，这份蓬乱的心遇到了谁的脸、谁的眼、谁的手、谁的唇，就静了、平了、软了、化了。此时，心中密匝匝尽是幽然与徜徉，一如蜜饧似的既甜又腻，浅尝一口都会皱着眉讪讪地笑出声来；时不时亦要自己去加些酸涩，混在这汹涌澎湃中、倒在那反转回荡里，霎然间再碰触舌尖，便愤愤地咬唇嚼舌，连夜不眠。这是什么？这是树的枝头开的那花儿：鲜艳靓丽，香味四溢，流光溢彩，招蜂引蝶。但却最怕秋风，尚且连叶儿都被扫下，况这柔嫩的花儿？有花堪折直须折，莫待无花空折枝。然而那颗心悬着、望着，但盼花枝招展后能由他摘取。可那拾花的却闪身而过，仿佛视而不见。他要走了，走出这片树荫，这丛花园，一旦走出，即是断了念，绝了情，无论如何也追不上了。待下次再重入这树下时，他便不再是他了，他已成了别人。

惠子知道，若是今晚说不出口，那么以后便再也没机会了。

九点二十五分，惠子的心忽然平静下来。无论如何，无论那个混蛋怎样回答，我，我自己，一定要给自己一个交代，给这差点不及惊鸿一瞥的青春一个交代！即便再怎么伤感，再怎么不堪，我也必须要交代！

口中念念有词的她，果然按下了拨号键。这一按用了千斤的力气，却也仿佛抛下了那千斤的包袱，惠子差点要困倦而眠了。听筒中节奏缓慢的响起了等待声，此时连空气仿佛都停止未动。

“喂？”良久，那边终于响起了应答声。

惠子微微一笑，将手机拿到了耳边。

陪着一寸寸找永远

■ 失你不如毁我

S 市某高中，为了升学率，校方决定从 M 市挖来两名学生为本校争光，争取提高升学率，而这两名学生学习成绩非常优秀。对于这一消息学校的学生们都不知道。

星期一的早上，我从寝室慌慌张张地出来，马上就要到点到的时间了，我走得很快。

由于走得太快所以没有看到前面有两个人，当发现的时候，我已经撞了上去。可怜的我啊，身体本来就很弱，这一撞就直接倒下了。

在我以为要跟大地来个亲密接触的时候，左边突然伸出一只男生的大手，把我揽在自己的怀里。

接着就听到很好听很好听的男声说："对不起，你没事吧？"

我赶紧从那个男生的怀里跳了出来，脸红地说："我……没事。"

等等，这个男生的声音怎么那么好听呢，而且听起来很陌生，因为我基本上能把学校里的声音都辨认出来，但这个声音还是第一次听到呢。我抬起头看了一下，顿时呆愣住了，我的神呐，你救救我吧！这男生怎么那么帅，不公平，上帝啊。

在我呆愣住的时候男生说："你好，我叫叶辰，他叫叶磊，我们是从 M 市转过来的学生，以后还请你多多关照。"

哎，看帅哥看得太入迷了，以至于我忘记了说话。

等到发现的时候，我发觉自己的脸红的跟番茄似的，赶忙说："你们好，我是高三（1）班的林陌，以后有什么要帮忙找我就行了。"

天呐，竟然忘了时间了，我马上跟他们说："对不起，我还有事就先走了。"

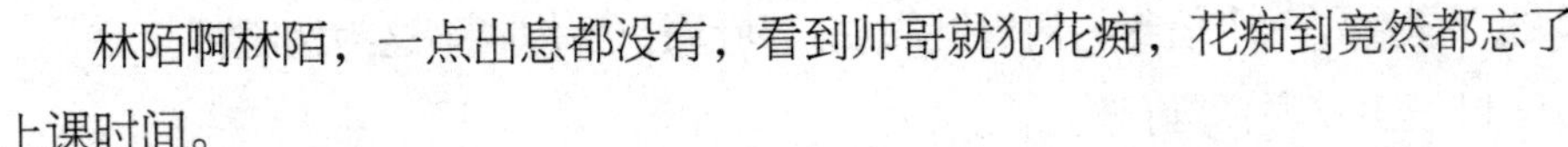

林陌啊林陌，一点出息都没有，看到帅哥就犯花痴，花痴到竟然都忘了上课时间。

在我进到班级时，正好点到我的名字，我长吁了一口气，三步并作两步，蹦跳着到了自己的座位上，幸好没有迟到。

刚刚坐到位子上，就听到好友语儿说：“陌陌，你知道吗，今天我们学校又转来了两位学生，听说人长得很帅很帅，成绩又很好很好，最重要的一点是他们两个还是转来我们班的。”

看着语儿一脸激动地对我一一解说，我忍不住想，不会是早上碰到的那两位男生吧！

只是就这么想想，心跳突然就加快了，脸也红了起来。上课时间到了，班主任领着两个男生进来，清了清嗓子说：“大家安静，这是从M市转来的学生。”

原本我还在和语儿瞎扯，一听转校生来了，我马上抬头看去，天，正是早上我遇到的那两个男生。

班主任安排他们两个坐在了最后一排，因为班里只有最后一排有空位。

当他们两个走下来的时候，班里的女生们顿时犯起花痴，男生们则用妒忌的眼光看着他们两个。

叶辰缓缓地走着，当走到我旁边的时候，他向我打了招呼：“Hi！”

我的脸又红成了番茄，慌忙回应：“Hi！”

周围的女生顿时射来妒忌的眼光。

一个星期后，我们已经成了很好很好的哥们儿。想知道具体我是怎么俘虏了这两位帅哥的吗？简单地讲，就是我的人格魅力啦！

就在我沾沾自喜的时候，平时不爱说话、有点内向的叶磊向语儿表白了，而语儿也答应了做他的女朋友。

看着他们俩卿卿我我的样子，我不知道是该开心还是不开心，反正觉得怪怪的，好哥们儿成了好姐妹的男朋友，我还是有点难以接受的啦。

更难受的是，他们两个每天都忙着去约会，就只剩下我跟叶辰两个人大眼瞪小眼，时间久了，我们也就习惯了。

一天，我和叶辰在校园的草地上看书，有几个女生跑了过来，其中一个女生手里拿了一个信封，对着叶辰说："叶辰，请你收下这封信吧！"

叶辰笑着说："好吧。"

类似的情况发生过很多次，久而久之我也习惯替别人把情书转交给他了。

因为我跟叶辰的关系已经好到不能再好了，我特别喜欢叶辰的笑，叶辰笑起来很好看，他的笑容仿佛能融化冰雪。

每当有女生送信给叶辰的时候，我的心都会狠狠地刺痛一下。

难道我在吃醋？难道我在羡慕那些女生？难道我喜欢他？

突然被这个想法惊呆了，不可能，我们是好哥们儿，我怎么可能会喜欢上自己的好哥们呢。

但是，冷静下来仔细用心好好地想一想，对，没错，我喜欢他，我真的喜欢他，很喜欢他。

心动不如行动，我决定明天要给叶辰写一封情书。

反正传情书已经不是一次两次了，这一次为自己传一次，想通了之后，心里突然感觉好轻松。

我准备了一个晚上，写了整整两张纸的信，然后交给了他。

我满脸通红地看着他，眼神中写满了期待。

谁知他看了信之后说："我明天中午给你答复。"

我在心慌意乱的情况下度过了一天。

第二天中午校园公园的长椅上，温柔的叶辰对我说："我答应你。"

我高兴地蹦了起来，没有看到前面有块石头，不小心踩到石头，把脚扭伤了。

叶辰赶忙蹲下身子，很温柔地用手摸着我的头发说："陌儿，怎么了，没事吧，冒失鬼。"

我说："没事，就是脚扭伤了。"

最后，是叶辰把我背到班里的。在路上，我的脸一直贴在叶辰的背上，很幸福很幸福的感觉，透过皮肤的毛孔渗透到心脏里。

有一天，我正在拿书敲打着他的头，突然想起了一个问题。

"叶辰，你为什么要答应我啊？为什么那么多女生给你送情书，你都没有答应，却偏偏答应了我呢?”

“别叶辰叶辰的叫了，我都是你男朋友了，喊我辰!”

“还贫嘴！还不快给我说实话!”

“你很想知道我为什么答应你吗?”他推开我的书，静静地看着我。

我很卖力地点了下头。

他说：“因为我喜欢你，从见你的第一眼就喜欢，从你撞上我的那一刻开始就喜欢你，然后我的心就不受控制了，开始注意你的一言一行，一颦一笑。”

他说完后，我的脸又红得跟番茄似的。

他微微一笑继续说：“陌儿，把你的心交给我吧。我会保护你，我会一直在你身边陪着你，爱你。我可以发誓，我一辈子只爱你一个人，就算哪天你不要我了，我还是会继续爱你。因为爱你，是我这一生最重要的任务。”

我感动的眼泪哗哗地流了下来，我一把抱住他脖子，动情地叫了一声：“辰!”

辰双眼冒出血丝，随后凄惨地叫道：“快放手，我要被你勒死了。”

我吓着了，慌忙松开双手，谁知道他一把抱住我，在我额头上亲了一下。

接着，我们就开始约会了。

我们到处去玩，每次都玩得很开心。

在海边看浪花。

在海边奔跑。

在海边打水仗。

海边的夜晚，我们坐在沙滩上，我在他的怀里看着天上的星星。

我以为我们的幸福会这样一直持续下去，直到有一天发生了那件事。

那天，我们约好在游乐场门口见。

我当然是答应了啊。

这天，我打扮得美美的来到了游乐场，然后看到叶辰在跟别的女生接吻。

我当时什么都没有想，就跑了出来，叶辰看到我了之后，赶紧放开那个

女生跑来追我。

我跑到无人的地方，放声地大哭大喊。

后来回到了家，我又哭了一夜，想了一夜，手机也不停地响了一夜。

我什么都不管，也不想管，只想好好地大哭一场，脑子里总是响起那天他对我说的承诺。

什么要保护我，什么一辈子只爱我一个人，骗子，都是骗子。

我已经什么都不想再去想了，我要重新找回自己。

我请了假，来收拾自己的心情，好好地整理自己的情绪，我要变回自己，变回那个永远对什么事都不上心的自己，变回那个没有认识叶辰之前的自己。

时间如流水划过，假期也匆匆忙忙地溜走，心中的伤被埋在一个角落，不想亦不会痛。

而我也要重返学校了。

我回到了学校之后，当做什么都没有发生一样。我仍旧很开心的与别人交谈，放声地大笑着。

我仍然微笑着和那个伤我的辰打着招呼，而辰的表情很不自然，他问我有没有事。

我笑着回答他："我能有什么事?"

接下来，辰就好似凭空消失了一样，一点关于他的消息都没有了。没有他在的这一段时间里，脑子里感到很空白，很无力。我发现没有他在，我也会很难过，原来，我还是爱他的。

也许这种感情，我能一时骗得了别人，骗得了自己，但是，最终骗不了自己的心。

正当我坐在长椅上无力地想着辰的时候，对面走过来了一个女生。

看到那个女生的时候，感觉到好熟悉好熟悉。

对了，她不就是那天在游乐场门口跟辰接吻的女生。

那个女生说："你好，我叫诺诺，是××班的学生，我想有一件事你误会了，那天你在游乐场看到的，并不是你所想的那样，我喜欢辰哥哥，所以那天是我主动的，与他没有任何关系。我之所以跑过来告诉你这些并不是因为我会放手，是因为辰哥哥这几天真的好痛苦，看到他痛苦的样子，我看不下去了，所以我才会跑来告诉你真相，希望你能带给他真正的幸福，如果你不能，那我会把辰哥哥抢过来。”

说完，那个女生就走了。

我呆呆地坐在那里，是我误会辰了，是我害得他那么痛苦，是我把他往外推的。

不行，现在我要去找他，我一定要找到他，告诉他我误会他了，我还爱他，我想回到他身边。

可是，找他哪有那么容易。我打他电话，他关机了。我去了他寝室，他室友说叶辰这几天都没有回来。

我去问了叶磊，叶磊说：“最近我一直跟语儿在一起，我也不知道辰在哪儿。”

正当我一个人无助地站在校园的草坪上时，我听到身后一个很嘶哑的声音说：“陌儿，还在怪我吗？”

我转过身来，看到了叶辰颓废的站在我面前，泪水便不受控制地流了下来。不争气的我，赶忙地跑向了辰，跳进了他的怀里。

辰温柔地说：“傻丫头。”

在他的怀里，我能闻到一股淡淡的薄荷清香的味道，闻到这种香气，突然感觉很有安全感。

我紧紧地抱着他，这次再也不会放手了。

叶辰说：“陌儿，都是我不好，让你伤心又让你流泪了，对不起。”

我摇摇头没有说话。

随后他接着说：“不要离开我好吗？永远！”

我流着泪说：“好，我永远不再离开你了。”

后来，我们约好永远在一起。

后来的后来，我们四个约好永远在一起。

虽然不知道永远有多远，但是我愿意陪着辰一起，一寸寸寻找那所谓的永远。

你给的时光，无可代替

■ 沐沐汐

岁月在一次次兵荒马乱的动荡后，开始变得斑驳，只是记忆中的你依然如初。我喜欢闭上眼睛感受明媚的阳光，尔后，你说的话便像一阵微风，在耳畔徐徐而过—生命是美好的。只要我们心存理想，当清晨的第一缕阳光升起，面向太阳，微笑。

1. 一场不期而遇的遇见

一如既往的上课，认真记录老师说过的重点，我想这些在以后还是会有用的，因为青春的时间那么短暂，我没资格拿来肆无忌惮地挥霍。或许我还是不太适应这里，总是我行我素地招惹来异样的眼光，不过还是不愿意因为他人的眼光而丢下自我。偶尔习惯性地转头望望窗外的风景，那些一直在自由飞翔的麻雀，每天都和我上课一样，在外面晒晒太阳兜兜翅膀，飞来飞去地玩耍。想想如今麻雀都是国家保护的飞禽了，我都为自己感到愤愤不平。

忽然想起昨天还答应了怡然阁的老板去打工。想想刚来这所职高时那段很不安的日子，我总是跑去怡然阁捧杯奶茶来消遣日子。那里的环境还是很好的，整个店里装饰的绿色，让人觉得清新自然，重要的是那一块留言板，很多同学都会在午后或者在黄昏买杯奶茶，写一张或祝福或期待的字条，找一块显眼的地方贴上去。我也写过，不过我没写下自己的联系方式和姓名，所以就没有收到别人的回复。

终于在昏昏欲睡中等到了下课，班主任临走时站在教室门口甩下了一句："明天开始分班考试，请大家做好准备。"

我慢悠悠地收拾着课本，乱七八糟的学习用具也随着我轻快的指尖，呼

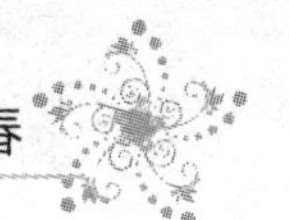

啦一下扔到了抽屉里，许半夏毫不客气地吼了句：“娴呀，我今天有约，不回寝室了，就先走一步了哦。”不等我回话，她已消失得不见踪影。我坐在板凳上长长地呼了一口气，又吸了满满一大口气，起身走向了寝室的方向。

第二天，我穿了一袭素白长裙，拿着自己的号码牌开始找考场，终于在铃声响起时奋力抵达了座位。题目对我来说还是很轻松的，老师说过的话是对的，上课要做笔记，听多少遍都不如自己写一遍记忆深刻。

答完试题，我又翻来覆去检查了一遍，然后开始犯困。考试结束铃声响起，监考老师收完考卷，我起身要走时却突然看到凳子上似乎有什么。我定眼看了看凳子上惹眼的红色，终于还是按捺不住，眼泪顿时都要往外涌出，裙子上就更不用说了，怎么可以这样……

就在我脸红到脖子根、忍着眼泪不知所措的时候，一个外套出现在了桌子上，随着一声“借给你用哦”，我转身抬头，只看到一个身穿淡蓝色格子衬衣的男孩走出门外。

忘了追上去问他是哪个班级的，也忘了说声谢谢，我把外套披在身上，就飞快地跑回了寝室，那一路我一直想那究竟是怎样的男孩。

在洗衣服的时候我知道我错了，我该去哪里还外套，压根都没看清他的样子，从何处谈起还他外套呢……突然发现平时觉得寸土尺地的校园，也开始变得广袤无边。因为我一直没找到那个男孩，也没有人向我问起那件外套，所以虽然心里一直在谴责自己，还是把那件外套叠得整整齐齐压到了箱子底。

2. 你的眼眸，诸如碧波荡漾的海

终于到了分班那一天，我和许半夏如愿地留在了自己的班级，淡然自若地坐在自己原来的位置上。同桌都分到其他班了，所以自然是要换新的了，这时一个高大的男孩抱着一堆书坐在了旁边，还不忘说了句：“邓诗娴，以后我就是你的同桌了。”

看着那张干净帅气的脸，在脑袋里闪现过无数个形容词后，我淡定地问了句：“你怎么知道我叫邓诗娴?”他没回我，眨了下眼睛，让我好好地上课，我看了看他书本上的名字：顾寒。

我依然每天下午都去怡然阁挣自己的生活费，许半夏和顾寒是我最好的同学，他们都不忘时刻来捧场。许半夏指着我说：“邓诗娴你可不可以不这样，一脸欠揍的样子，谁会来买奶茶呢……”话未说完她指着墙壁上的留言板开始冲我吼，一个红色的贴纸闪进我的眼眶，上面写着：邓诗娴，我注意你很久了，我想我喜欢你。落款只有一个字，葵。

意外就这样发生了，然后就没有然后了。那个叫做葵的男人从此再也没有消息，尽管我每天打工时，都在关注每一个再次来到小店的人，我想那个人一定就在其中。

半学期后的一天我病了，许半夏像院里的麻雀一样开始手忙脚乱，最后还是把“宁愿跟病魔斗争战死都不要进医院”的我拉到校医室。

校医惊讶地将一副视死如归表情的我检查了一遍后说没有什么大碍，就是因为感冒引起了发烧，喝了药多休息就是了。回到寝室许半夏使出浑身力气把我塞进了被子里，拿着医生给我开的证明就去上课了。下午，她像是瞬间长大了一般，端着在食堂买好的饭，一勺勺地喂到我嘴里，随着饭菜的热气下肚，我的眼泪就不争气地落了下来。

“许半夏，要不是你，在离家几千公里的这里，我是不是真的会因为桀骜不驯而孤独地死去。”

她听完我的话，没有出声。正在这时寝室的门响了，眼底泛红的半夏毫不客气地吼了句：“全宿舍楼都是女生，敲什么门，进来吧！”

随着半夏撕心竭力的吼声，我道了一句：“许半夏你一次不那么大声的吼，难不成会停止呼吸吗？”然后，顾寒嬉笑着提着水果坐在了我的床边，我想应该停止呼吸的人是我。

许半夏霎时跳了起来，她的眼神足够把顾寒杀死一万遍：“顾寒，你是怎么进来的？”

顾寒说当然是走进来的，我告诉舍管阿姨我是诗娴的哥哥，过来看她的，舍管阿姨终于禁不住我软磨硬泡就放我进来了。随后，我们跟顾寒扯了半天闲话，终于把憋在寝室一天的话都讲完了，他也起身说去打篮球。看着他的背影，我又想起那个借给我外套的男孩，其实不能说是想起，因为那个男孩一直在我脑海中挥之不去。

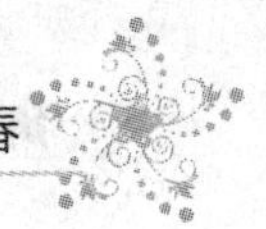

终于，我在许半夏晚自习时，拖着病躯，偷偷溜到了一片学校的草坪上，听着背后那一面墙上爬山虎叶子沙沙作响，顿时心凉到了极点。

眼角开始泛光，想着同学的家长隔三差五来看他们，而我是一个人提着行李来到这么远的地方后，父母就再也没有管过我。不知何时，身边多了一个男孩，他说："无论如何，我们都要相信生命是美好的，只要我们心存理想。当清晨的第一缕阳光升起，我们都能做到面向阳，然后微笑。"

说话的男子是顾寒，若隐若现的路灯下，顾寒的侧脸显得那么温暖，我说："顾寒我会记得你今晚说过的话，因为这话温暖了我的流年。"那一刻我在心里问自己，如果没有那个借给我外套的少年，我是不是会爱上眼前的顾寒，因为他同样也是那么优秀。

第二天，怡然阁的留言板上多了张贴纸，上面写着：邓诗娴，如果不是因为看到你的眼泪，我想我便不会知道，自己也可以这么干净利落地爱上一个人。落款依旧是葵，想着顾寒昨晚说过的话，我顿时僵住了笑容，顾寒你就是葵对么，只有你才会这样跟我留言，顾寒对不起，我想爱你，可是你比他晚了一步。

3. 留守于流光碎影里

日月像是流水一样消逝，不！确切地说应该是像瀑布，如同昙花一现。在许半夏吵着问我为什么不跟顾寒交往，嚷着毕业了会后悔的，就在这样吵闹的时光中，到了最后一个学期。

学校来了很多的公司代表招聘，我们都按照自己的学习成绩签约了可以接纳自己的公司。那以后，我们开始竭尽全力地复习功课，顾寒更是为了让我如愿达到公司的要求分数，把他心爱的电脑装到了我的宿舍，而他则更多地去学校的微机室操作。然而许半夏则没有什么反应，依旧像一只麻雀一样，突然就找不到她的踪影了。

终于还是要毕业了，如璀璨的烟花遗烬。我抱着许半夏，放下了桀骜不驯的性格，开始号啕大哭。许半夏，你是我在南方这座小城唯一的依赖，你不知道从小到大我都觉得不会再刻意地去对谁好，可是你不一样，我看着你

就不由得心疼。终于毕业典礼在一场热火朝天的欢声笑语中结束了，留下的是我们一泻千里的泪痕。

典礼结束的那一晚，许半夏拉着我去见了顾寒。我们坐在图书馆的楼梯上都默默地不说话，后来许半夏指着天空的北斗七星说了很煽情的话，她说把北斗七星送给我，如果觉得晚上孤单了，就望一望北斗七星，想一想她的笑容，这样一年四季，春夏秋冬，她都会存在。

不管什么时候许半夏都会玩失踪，在我把眼眸埋在衣服里哭了半天后，抬起头只看到顾寒的脸，他的眼神似乎在说着什么，那一刻那么殇。他问我这么长时间以来为什么不可以相爱，我告诉他，有时候爱一个人，并不一定要拥有她，可以看着爱的人在好好的就可以不是吗，因为不曾拥有，所以就不会失去，这样在很久的以后想起来，便不会遗憾。

没过多久，我看着许半夏一人提着一打啤酒艰难地上了楼梯，她说因为痛，因为难过，那么让我们一醉方休地微笑吧。后来我和半夏喝得东倒西歪，我好像看到顾寒看我的眼神里闪烁着泪花，他说他永远是我的葵，而我是他生命里不可缺少的阳光。

顾寒，你对我的爱，如同我爱着那个陌生人一样，即便对你们两个都存在着感激，我想我爱的还是他。你曾温暖了我的流年，可他只在一瞬间就征服了我整个心脏。

4. 落花时节亦逢君

终于还是毕业了，最后是许半夏给了我们各自相拥微笑的机会，收拾好行李准备离开学校的前一晚，她打电话给我和顾寒，让我们去附近的一家酒吧。

第一次见面看你不太顺眼/谁知道后来关系那么密切/我们一个像夏天一个像秋天/却总能把冬天变成了春天

你拖我离开一场爱的风雪/我背你逃出一次梦的断裂/遇见一个人然后生命全改变/原来不是恋爱才有的情节

在歌声结束的时候我和顾寒望着台上的许半夏会心地笑了，她的一颦一笑，诉说了整个流年的离殇。我们的遇见，何不像是一片盛世的荼靡，泻尽了繁华，留守了平静。

许半夏终于不孚众望，决定留在那里完成自己当歌手的理想，或许那对于许半夏来说是再好不过的归宿，那里有她的梦，有她的坚持，这种不懈追求比任何事物都让人欣慰。

一场风花雪月的洗礼，将我们霜降，如同蒲公英散落，随风飘零。

那一天北方下起了大雪，我就站在那一片最耀眼的白色中收到了顾寒的邮件：邓诗娴，我不想你因为感激而爱上我，可是在毕业典礼上许半夏让我懊恼不已。她说在你心里的人，是借给你外套的人，你知不知道，那天你穿着素白色长裙站在考场的样子，像是一个世纪的永恒，直到现在依旧雕刻在我的脑海里。

看着那封邮件，泪水打湿了手机。我只回了简单的短信给顾寒。

顾寒！我就站在北方，守着南方的雪，等待下一次执子之手的遇见。

若经年后，红颜景致依旧。君愿倾心，安之若素，生死契阔。

君若倾心，我愿付诸流年。此经岁月，终是厮守，相濡以沫。

爱的天敌是无限等待

■ 佚名

她可以毫不费力地得到他的爱，却不一定能得到他费尽力气的爱的等待。第一百个白天即将到来，他太疲倦，以至于不再渴望她的爱情。

1. 黑暗火锅

当十二月的第一场雪来临，吴紫涵跟着室友去与邻校男生联谊。她们约好在男生寝室吃顿黑暗火锅——这是对方提出来的古怪玩法，就是关起灯加料，把夹回碗里的菜吃完，不管对方买来的是何种食材。

路过菜市场，室友们在里头兜了一圈出来，各自拿着猪血、黄鳝、鱼腥草等自以为难以下咽的东西。

喂。吴紫涵问道，难道你们不怕被自己夹进碗里吗。

她才不管对方耍出什么怪招——她买了自己最喜欢吃的肥羊肉片，和室友的一起放进那个黑色的大塑料袋。

到了对方寝室，开门的是卢广仲式蘑菇头的许峥，他一脸诡异地站在门口，看着女生们进去。

第一锅料的味道类似豆沙与海鲜的混合物，双方勉强吃完；第二锅则饱含臭豆腐与甘笋同煮的脚臭味，吴紫涵夹到了一块蛇肉和半片没有切过的猪耳朵，这还算是幸运的，室友最讨厌形状丑陋的菌类，偏偏捞到一大把滑腻腻的猴头菇。

下了最后一轮料，室友叫了起来，这是什么，怎么咬不烂啊。

不会吧，吴紫涵咕哝，按规则不允许放非食材进去的。

灯开了，大家看见她筷子上挂着一个米白色带着蕾丝边的大毛球。

那是我的发夹！

吴紫涵失声叫了出来，她好像意识到什么，在与许峥的短暂对视之后，她终于按捺不住向他扑了过去。

我知道是你干的！

没错，在进门的时候，她就觉得许峥好像碰了一下她的后脑勺。

好吧，我请你吃饭还不行吗。他无比可怜地举起双手，说出如上顺理成章的句子。

2. 绅士女郎

黑暗火锅以吴紫涵大发雷霆收尾，她不仅没有答应许峥的请求，还恼羞成怒掀了桌子。这下联谊的计划完全被她打乱了。室友质问吴紫涵的时候，她还在大喊大叫。

你们根本就不知道那个发夹对我有多重要！

是，每个人都有点自以为重要的不得了的东西，就算在别人眼里，那也许是个可以随时扔进火锅的破玩意。

那个发夹上的毛球来自她以前养过的一只兔子，当然那只叫小白的兔子现在已经不在而且不在的原因是被一辆卡车碾过，毛球就是它尚算完好的尾巴。吴紫涵为了纪念这只陪她度过高考时光的兔子，略显变态地把毛球做成了发夹。

而现在，那个毛球被火锅一烫，始终弥散着一股肥羊肉的味道，吴紫涵一闻就牙痒痒。

或许更倒霉的事是许峥喜欢上她了，他每天骑着自行车到吴紫涵楼下唱《没那么简单》。不得不承认，他的蘑菇头和黑框眼镜确实像个小清新的音乐人，可他一遍又一遍的歌声终于引来了宿管大妈的扫帚。

这个人一点儿王子的优雅也没有。室友每次见到许峥都撅一撅嘴，小涵啊，他真是配你不上。

作为以上事件和言论的结局，吴紫涵和她的博士师兄在一起了。他们吃饭逛公园看电影各几次之后，刚结束学期论文写作的许峥又出现在楼下。

其实之前的吴紫涵很犹豫——师兄每天在实验室里对着电脑和瓶瓶罐罐，像个与世隔绝的科学怪人，可与行为吓人表情夸张的许峥相比，他实在是太像地球人不过了。

就这样，戴着瓶底眼镜的师兄提着一瓶白酒走向刚在宿舍楼下摆好板凳和吉他的许峥，他说嘿，你信不信你再骚扰我的妞我就打爆你的头。

他话还没有说完，许峥就冲了过来把酒瓶往自己头上一砸。

趴在宿舍窗上的室友之一差点晕过去，而吴紫涵想到小时候看过的那个拿啤酒瓶子砸自己脑袋的流氓兔。

师兄脸上溅满了鲜血，他看着许峥瞪得大大的眼睛，默默地，迅速地离开了。

可能是觉得自己的逃跑太丢脸，又或者是觉得自己没必要和一个亡命之徒较劲，师兄没有再继续约吴紫涵。这真悲哀，更悲哀的是当她发觉自己已经习惯某个人可怕的大喊大叫，他却忽然消失了。

你们一定都听过那个女郎和绅士的故事，高傲而美丽的女郎让绅士以在楼下站一百天为代价赢得她的芳心，而他只在楼下站了九十九天就撤了。

尊严也好，耐心也罢，或者他只是单纯地看烦了那个女郎的美丽，他想想，其实也没有那么美丽。

3. 哎呀抱歉

一年以后，吴紫涵毕业。她进了一家旅行社，这里的男女比例是一比九——当男性比例过高，这世界就会溢满粗鲁的光棍气息，而只要女人多起来，一幕幕狗血的宫闱大戏便陆续上演。

为了一个长得像憨豆先生的会计，两个女业务员翻脸在办公室里打了起来，其中一个本想掏出水果刀威胁对方，可不小心把长得像定时炸弹的创意闹钟拿了出来，那大义凛然的董存瑞姿势把围观的女孩们吓得抱头鼠窜。

喂，你说那会计有什么好。室友聚会上的吴紫涵喝得有点醉，怎么那两个人那么喜欢他。

女孩们一起去江边放烟火，赤橙黄绿青蓝紫，她们在火光的间隙里看见

不远处一个男孩被一个女孩强吻。

是许峥！吴紫涵你快来看！

一个室友的叫声把吴紫涵从酒意里拉了出来。那一刻，许峥可怕的蘑菇头变得惊慌失措，而强吻他的女孩只是瞟一眼她们，就拉着他离开了。

为此，吴紫涵想起来很久以前她压在抽屉里的一封情书，那是许峥写给她的，可她从来没想过要打开。

因为他一点儿也不重要。

他说，不要嫌我不够好便不靠近我，我会为你写歌为你戒烟也要变成一个好孩子。

他在信封的背面画一个大大的眼镜蘑菇头，信纸的下半部用双面胶贴了一张民谣演出的门票。他怎么会知道自己喜欢那个乐队呢，吴紫涵有点后悔当初的不曾在意。

让她更措手不及的是竟然也有人爱他如同当初他的狂热，要知道，他看上去多么平凡无奇。

吴紫涵骑着自行车去郊外听一场演出，看见了她本该在一年前就看见的歌手。他结婚了，看上去比以前成熟一点，但娃娃脸依旧。

除了自己写的歌，他只翻唱年轻女歌手的曲目，他说，哎呀抱歉，我的少女情怀一两天改不过来。

有哪个少女没有固执情怀。

4. 第一百天

我喜欢你。

吴紫涵在记事本上写下这么一句话，她凝视蓝天几十秒，又低下头仔仔细细地把那一行字涂掉了。

对，她喜欢蘑菇头，喜欢他像卢广仲那样唱歌的时候把嘴张得大大地像《我爱你》MV 里的那只猩猩，甚至渐渐地并不反感兔毛发夹上留下来的羊肉膻味。

但她还是无法同自己坦然相对——为什么别的女孩可以拥有令人羡慕的

恋曲，自己却要在古怪的宅男面前停下脚步？

吴紫涵叹了一口气，决定睡一个午觉。

如果醒来时还不到三点，她就给许峥发个短信，问他愿不愿意再唱一次《没那么简单》。

此时的许峥坐在 KTV 包房里发呆，他不想坐在这里接收那个女孩抛过来的媚眼，她这几天竭尽所能讨他欢喜，让他想起过去自己做出的种种傻事情。

那一天的吴紫涵睡过头了，许峥最后也没能找到合适的借口离开包房，他打了个盹，梦见自己扛着吉他奔向一个似曾相识的女生宿舍。

傍晚，干燥了一个春季的天空下起小雨，吴紫涵伸了个懒腰，走向最近的一家便利店。

许峥正在收银台为刚买的饮料结账，他看见她，连忙扭过头，装作毫不在意地哼起歌来。

那天之后，他们没有再见面，或许是见了也没有再认出来。

但至少最后那一天，吴紫涵清楚地看见许峥扭过头不去看自己，他哼着《没那么简单》，一只手亲昵地挽住旁边脸上涌现惊喜的女孩。

她终于确认绅士不再等女郎了，第一百个白天即将到来，她太疲倦，以至于不再渴望她的爱情。

我要匹诺曹和我在一起

■ 樱雪百里

匹诺曹说了一个谎话，以后都在圆这个谎。他不知道说谎话的孩子鼻子会长长吗？还是他不知道谎言总有一天会被揭穿的……

一

我和匹诺曹的故事，要追溯到很久以前。很久以前，匹诺曹有一个好听的名字叫苏应风。那时候，他的初中就要结束了，而我还眼巴巴地读着小学四年级。

不过你千万不要觉得我年纪小，就没什么琐碎事，那时我在学校红得紧，就没有人不知道我叶细细的。想我三道杠的大队长袖标，七八次才艺表演、五六次文体奖状，小小年纪，就已经被捧为天之骄女了。

可是随着我红起来的还有另外一个人，他大鼻子、大耳朵、大眼睛，虽然看起来并不讨厌，其实已令人厌恶之极。这人叫谢宽，不愧是纨绔世家的二代，什么金钱观价值观恋爱观，早就开窍了。他每天追在我后面跑啊跑，叶细细，你给我当老婆好不好？

更可气的是，我们这点小破事，老师听了不放在心上，家长看了只当闹剧，同学们每天给我们喊加油，全世界只有我一个人为了躲避他，不停地跑啊跑。

我遇到苏应风那天，情形并不例外。谢宽喊着他家买了一只藏獒，他想带我一起参观。他还说那藏獒可威风了，站起来就比我们还高。这我能不怕吗，我迈着自己那麻雀般的小腿就往家跑。可是我太心慌意乱了，导致自己最后奔进了一条死胡同。

那天太阳再大也大不过谢宽的脑袋，他的头挡着日光俯视着我，露出胜利者的奸笑。我承认我被吓到了，多年以后还有小小的阴影留在记忆里。我拼命地喊救命，快没力气的时候，苏应风的自行车铃声响起来了。

其实我是记得苏应风的，他住在离我家三条巷子远的地方。他骑车很快，拐弯的时候他会按动车铃，那铃声听起来既悦耳又美好。现在他骑行到我们面前，搞清楚原委后笑了。他对我说，你对这位小帅哥怎么了，他竟然要用藏獒吓你?

因为我给他记了 4 次迟到，3 次打架，2 次早退，还有 1 次乱丢垃圾。说起来这些，我觉得自己对谢宽也挺过分，可是我没想到苏应风对谢宽更过分。

你会相信苏应风威胁谢宽说，你再欺负叶细细我就揍你吗？可是苏应风不光说了，谢宽也有答，他说你是谁，报个号吧。

于是苏应风放下车，脸对脸地跟谢宽说，我叫苏哥哥，六年级的，明天来找我报仇呀。苏应风说这些话的时候嘴边的青胡须已经一小把，这是我所知道的他的第一次骗人，可我以他为荣。

二

那天正因为苏应风没有说实话，所以谢宽晚了几年才报到仇。而我也因为一次得救，所以谢宽再追我，我就往那所中学里跑。反正两所学校离的不远，只有 500 米，而谢宽是个小胖子，一时半会他追不上我。

这件事让我变得有惯性起来，我居然从小学就开始逃课，乃至于初三一班的大哥大姐们，个个都认识我。他们看见我就喊，苏应风，你的樱桃小丸子又来了。

有一天，苏应风长了个心眼。他带着我从原路返回，走了一道都没看见谢宽。他把我送回学校，却没料到老师正在等我，而且没等我申辩，就把我的三道杠给取下来了。

这下我可真的逃课了，我眼睛哭得跟桃子似的去找苏应风，他只好软硬兼施，一边跟我说好孩子要遵守纪律，另一边他给我讲匹诺曹的故事。他说

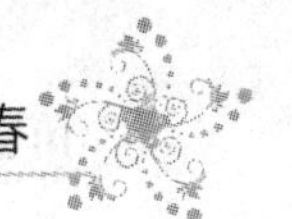

人说了谎话鼻子会变长，他说变长就不漂亮了……最后他没招了，说叶细细你再哭我就不理你了，我忙把眼泪鼻涕擦在他的衣服袖子上。

我没敢继续哭下去，我要好好表现，争取把三道杠拿回来。可是谢宽看起来对我是“真爱”，他不在乎我还是不是红人，他还在追着我跑，他说叶细细，只要你做我老婆，我叫我爸给老师讲让你官复原职！

这真是一个诱惑人的条件，可是当我看见他的大脑袋时，我条件反射地又跑去找苏应风。这次他以为是羊来了的故事，他根本没打算理我，他很用心地回答老师的提问，于是走廊里响起我毛骨悚然的叫声。

那天我的腿跑抽筋了，苏应风只好请了假送我回家。他帮我把跑开了的鞋带系好，我记得；他看着一排警车开过来，帮我捂上耳朵，我记得……他第一次抱我上了车后座的样子，我通通都记得。

我记得五颜六色的风车转了一路，他衣服上的味道沁满了我的肺，他把车停下来的时候，其实离我家还有点距离。他说，乖，你自己回去吧。

我抬着头看他的脸，那时候，电视台天天放《大话西游》，我也曾把自己当做了紫霞仙子，以为只要念了咒语，就能实现愿望。所以我嘴里念念有词，我心目中的人是个大英雄，总有一天他会踩着七彩祥云来接我。

苏应风逗我笑，接你干吗呢？

我很坦然地说，接我上学，接我放学啊。

三

我终于长大了，读了初中被人叫做大姑娘。可是人家的大姑娘越做越端庄，我这个大姑娘可是越活越窝囊，所有的原因就是谢宽这厮，这家伙现在还在喜欢我，而且喜欢得惊天动地。

这不刚开学第一天嘛，他就发动了全班女生来巴结我，听说与我友善者可得高档指甲油一瓶；如果跟我做成好朋友了，有游乐场通票一张相赠；谁要是惹翻了我，可能会被转校……

但这还不算什么，他家帮助学校修了一座图书馆，于是名字就叫细细图书馆；他家帮学校修了一座实验室，于是名字就叫细细实验室；他家还帮学校修了个车棚，叫细细车棚……长此以往，我实在害怕他家再拿钱修理WC，叫做细细WC……

现在谢宽到处说，叶细细是我的女人。他看着我气鼓鼓地从教学楼里出来，大叫女人你来了，然后很得意地对身后几个哥们儿笑。

那天我是鼓着勇气来找谢宽的，我一定要问明白他为什么阴魂似的跟着我不放。谢宽不笑了，他昂头凝思起来，那是几年前的傍晚，我家大人来接我放学，他问你我表现得怎么样，你答很好。叶细细你知道吗，从那时候起我家大人认为我是个好孩子，对我不打也不骂了……而这些是你带给我的呀，所以我也要对你好。

我晕，我欲哭无泪，我无语，我有今天的遭遇是我搬了石头砸了自己的脚。我指了谢宽两下，愤恨地说不出一句话，然后我转个身去找苏应风了。

曾经的初一三班，现在已经变成了高三一班，我冲苏应风挥挥手，他没有看到，我只好叫他，你的女朋友来了。教室里的人齐刷刷地向我看齐，而我假装害羞了。

算来，苏应风已经送我上下学三年了。他那台山地自行车穿过风穿过雨，渐渐地被腐蚀掉了颜色而车轮上也浸满了锈色了。他仍然当我是个小女孩，他问我今天过得怎么样，开不开心呀。我在丁零丁零的车铃声中答，不开心啊，烦死了。

都怪我说的话，咒什么来什么。我感觉到车子扭捏了两下，然后就撞到东西了。那天谢宽让司机把他家轿车堵在了巷子里，不过后来，他对苏应风产生了兴趣，他眯起了眼睛品了两下苏应风的相貌，问我是不是见过你。

苏应风很自然地回答，我不就是你苏哥哥吗？

四

人家都说君子报仇，十年不晚，可是谢宽并不是君子，他为什么也记得这句话？他想了一整晚，第二天问我，苏应风是你什么人，如果是你哥哥，我就放过他。

谢宽有够天真，就像我有够大胆，我说苏应风是我男朋友，怎么，你有意见吗？谢宽的拳头攥紧又松开，从我面前走掉了。

其实如果不是当初只告诉谢宽苏哥哥这个名字，那谢宽的痞子表哥可能早就去拦苏应风的路了。现在这一天来得迟了点，苏应风骑着自行车载着我，刚刚穿了两条巷子，就突然从拐弯处站起一个人，他的手按在车把上，车子便不得不停下。

那天，我见识到了小流氓的手段，他如练了锁字诀一样，死死地把苏应风按在地上。可能是打架多了，经验丰富，所以只有他打苏应风的份，没有苏应风还手的缝隙。我惊吓得跑了半条巷才找到一块砖头，瞄准再瞄准，终于狠了狠心，砸了下去。

苏应风得救了，可是变了个样子。他的眼皮上好大一个紫色的晕圈，眼睛肿得像鹅卵石，他的眼角上还流着血。我有瞬间的傻掉，我竟然以为他被打成猪头，以后就是这个样，变不回来了，所以我扑到他身上就开始哭了起来。他拍了拍我的背，说没关系。

算来，谢宽该出现了，他以为赢定了，所以车停下来，便为我推开了门，叶细细，从此我送你回家。

Shit。

就在他扬扬得意的时候，苏应风扶起自行车站了起来，他从来没有像今天这样主动拉过我的手，他依旧把车铃按得直响，跟平常一样，仿佛每天都有开心的事发生，然后一瘸一拐地往家的方向走。

我就这样跟着他转过了几个巷口，眼看着到我家门口了，我终于鼓起了勇气，仰视着他说，我喜欢你，我做你的女朋友行不行。

苏应风的嘴角动了一下，苏应风的表情看不出是哭还是笑，更应该说他没有回答。他松开我的手，将车头调转，布满泥土的背影慢慢地消失了。

我偷偷地笑了，我觉得他喜欢我，他不会允许别人送我回家的。

五

我十六岁的时候，苏应风读大学三年级，他换了新的自行车，不再接我上下学。我听说，他准备考研，我听说他得了市三好学生奖……我听说了他

很多事情，但是我与他见面的日子太少了，我不愿意就此度过我的年少时期，所以我要跟他恢复从前的亲密。

可是为什么，谢宽还在黏着我。望着他买来的午餐和他那张紧皱的脸，我终于开了腔，如果你给苏应风赔礼道歉，我就考虑原谅你。我用眼角斜斜地看着谢宽，我没想到他一咬牙一跺脚就答应了。

所以放学之后，谢大少徒步跟我来到了巷口，等了半个多小时，清脆的铃声响了起来。

来了来了——我招呼谢宽快站好，可是我没料到那天自行车上是两个人，本来属于我的车后座上坐了一个大女孩，她似乎没料到我们会冒出来，还开玩笑地对苏应风说，嘿，还有欢迎队伍呢。

那天苏应风看了我一眼，说怎么不回去写作业呀，然后全神贯注地掌控着自行车去拐弯。来也匆匆去也匆匆，车铃其实一直响在我的脑海里，响了不知道多久，谢宽碰碰我，叶细细，怎么办?

我如梦初醒，抓住他就问，是不是你安排的，你故意让我看出好戏。谢宽满脸冤枉，他说你看那个女孩脸上快乐的样子不是装出来的……

那么叶细细该怎么办呢，叶细细要从长计议。我听说他们在做暑期工，我连地点和时间都打听好了，然后带着谢宽一起去。

后来我真的看见苏应风他们骑着车过来了，那个女孩说着什么，苏应风的脸上就一直带着笑。旁边有人跑过，女孩还受了惊吓似的搂住苏应风的腰，虽然很快就放开了，可我咽不下这口气。我脸色阴暗，命令谢宽撞过去。

其实我一早就该知道谢宽对我是如何的真情实意。我指东，他不敢向西。所以我看着苏应风经过市场，就命令谢宽开车撞路边的摊子。我就不相信身边的摊子飞了，苏应风还能置之不理。

苏应风果然停了下来，他跑去帮人家捡菜，又跑来车旁说理，我摇下窗户得意扬扬地看着他，期待他说出什么教训我的话，却没想到他跑回到卖主那里，掏出钱赔给人家，然后踩着车又走了。

这把卖菜的人弄愣了，他围过来想听听这中间到底有什么拍案惊奇的事。于是他听见我火山爆发一样地喊，他是我男朋友，我男朋友!

六

没有什么能够阻止我和苏应风在一起，我暗暗下定决心，遇魔杀魔，遇佛杀佛，铲除苏应风身边的一切异己。所以新学期伊始，我出现在这所大学里的荷花池边并不奇怪，而且我还找了那个女孩出来。

她比我大很多，上身清凉T恤，下身牛仔裤，一看就不是苏应风喜欢的类型，她还很惊奇地说，你不就是苏应风的那个小妹妹吗，妹妹你好啊，我叫郝樱，你叫我樱姐姐吧。

姐姐？阿呸！

我心头的这股无名火被她烧得旺盛起来，我走到她身边，看着她毫无防备，伸手一推，她就掉下池塘去。但是我也不傻，她大声喊着救命提醒了我，苏应风来了就会知道真相。于是我纵身一跃，也跳到了池塘里。

那天这里有一个难题：如果我和郝樱掉下河，你先救哪个？苏应风匆匆赶到，手机手表全没有卸掉就跳了下来，我扑腾着快失去了意识的时候，一双有力的手托起了我。

我赢了，苏应风救起的是我，而郝樱不知道被哪个热心肠拽了上来。石板路上，我呕出了几口脏水，苏应风松了一口气。他紧紧地抱着我，我听到他的心跳声，那里像是有一个开关，开始拧得很紧，突然在一刹那间，松懈了。

可是我并没有很快品尝到胜利的果实，我病了。我很撒娇地在电话里跟苏应风说，我要吃桃罐头，我要你陪我去山顶看日出……他轻轻叹息，想了一会儿才说等你病好了，我带你去看电影好不好？

苏应风没有来看我，我没生气，我听说他跟郝樱讲了对不起，对不起之后跟着一大段的解释，然后冒出了最后几个字，我不喜欢你。郝樱听了，身子一颤，假装镇定地说，不救我没关系，是我没有那么好的运气。

于是日头暖暖的下午，我带着微笑站在路边等苏应风。我要真挚地跟他说，既然我把你的桃花踩烂了，那我就赔你个好了——你看我行不行啊。

苏应风恍惚了，他说叶细细，你不可以这样……

我怎么样了？我都不觉得自己是嫩草被老牛吃了，你干吗老挑三拣四？

我因为这个恼怒了一阵子。后来我才知道我们两家是有渊源的，是有桔梗的，是老死不相往来的。苏应风送我从不到家门口，但他每天载着我快乐地穿过熟悉的巷子，我的父母怎么会不知道。他们把一切都掩饰了，他们不想告诉我发生过什么……

也许，这才是最大的悲剧。

七

这些年来，我读了苏应风的初中、高中、大学。我是他的校友、师妹。我认识他所有的同学、朋友，我也是他们的朋友。我已经长成一个大人，我也长全了蕙质兰心，我已经开始学会利用人际关系网帮我办事了。

所以当我知道苏应风高中的班级要举办一个聚会时，十九岁的我，站在路边，对他洋溢着满脸笑意，说也带我去吧。

这时候苏应风拿到了硕士学位，在距家很远的一个药厂里做调剂师，他穿了一身得体的西装，提着一个皮包，看起来是个精英人士。于是我也不敢穿得很水嫩，我扯了几尺布定做了一件旗袍，看着苏应风那不解的眼神说，你懂什么，这样看起来才般配。

可是，我们是有代沟的。三年就有一个代沟，更何况我们差了五年那么久。我步入餐厅，就看见一个老哥孤独地抽着烟，望着远处的熙熙攘攘，我装得很稳重地说，剩了半支烟的男人很可怜，立刻就让他笑喷了。

那天我出的丑还有很多，我跟其他人聊天，为了装得深沉一点，就挑着热点话题说。于是 2006 年，超级女声被我认为是大事件，我给他们说我最喜欢谭维维，他们都笑我。他们说我还是小女孩，还是喜欢看选秀凑热闹。他们说他们现在已经为生计忙得焦头烂额了。

后来苏应风拽着我提前离开了，他和我站在启明桥上看夕阳时，有人过来跟我们说，你们这是拍山寨版的花样年华吗？让我也拍个照好不好？

这是一张珍贵的照片，苏应风的手搂着我的肩膀，他的眼睛看着我的眼睛。我们好像一对真正的情侣，城市的喧嚣，行人的聚焦，在彼此心里都不

见了。我从他的眼睛里读到了他的深情，可是我的酒劲为什么要上来呢?

那天我拍着脑袋晃了两下，苏应风就把我背了起来，他走了一路我睡着了，蒙眬中听到他说叶细细啊，我怎么能和你在一起呢。但是我以为那是个梦，而梦都是反的。

周一，我高兴地去学校，谢宽还跟着我，同专业同班。于是我转过身很得意地跟他说，我终于长到了可以跟苏应风在一起的年纪。现在我的幸福，就像有块冰冻在指尖，也会微微发烫。

然后我看着他不解的脸，耸耸肩，走掉了。

八

我和苏应风的爱情来了，他还像以前对我那么好，而且也不排斥我说喜欢他了。我每天坐着公交车去看他，和他一起去食堂吃饭，给他讲学校的新鲜事。他让同事帮我邮来欧洲的裙子，看着我穿起来，提起裙角站在镜子前面，微微发笑。

时间能停留在这一刻该多好。有时候我会听见他自言自语地这样说。

后来苏应风担心的事终于来了，可是他没想到终结者是谢宽。像拍好莱坞大片似的，谢宽的小本田闯进了药厂，他要找苏应风算账。

那天我明白了一切，苏应风为什么第一次就可以喊出我的名字，为什么对我那么好，又为什么推推搡搡，不肯接受我。谢宽苦大仇深地说，就是这个人，害死了你的哥哥，不信问你家长。

我哥哥？我一下子蒙了，我想我从哪冒出来个哥哥呢，我歪着脑袋向苏应风求证，他居然点头了。我不相信，我跑了出去，苏应风在后面叫我未及，谢宽跟在他后面，两个人厮打起来……

终于谢宽的话，被证实了。我看着妈妈颤巍巍地翻出照片就明白了，她说苏应风小时候和我哥哥常玩在一起，有一次两人较劲，谁敢跳到一个蓄水池里，结果我哥哥跳了，一条小命就“报销”了。后来有了我，家人是为了我好，让我生活得快乐一点，所以才将一切隐去的。

我相信这一切，但是那不是苏应风一个人的错。我看着与苏应风此仇不

共戴天的父母，咬咬牙任性地说，我不管发生过什么，但是我要跟他在一起。

我跑去跟苏应风说因为我喜欢你，只是因为我喜欢你，就是这么简单。我说我是替我哥哥来讨债的，所以你要掏心掏肺地对我好，知道吗？

于是匹诺曹又开始骗人了。他早就知道我们终将会成为陌生人，所以他说叶细细，我骗你的，我不喜欢你，我就是跟你玩玩。你家人认为我害死了你哥哥，给我精神上造成很大的压力，我是来拿你减压的。

苏应风说这些话的时候，我父母是在场的，他们怒不可遏地要打苏应风，然后被人拦了下来。他们不知道越是说谎话，苏应风显得越是自然，他就那么自顾自地说着，要把一切罪状都揽在身上，其实只为了我和他划清界限。

后来他在我家门前站了一夜，那一夜下了大雨。他生了一场大病，快要了他的命。再以后，我没见过他。

九

我小时候就会背台词：我心目中的人是个大英雄，总有一天他会踩着七彩祥云来接我，可是我猜到了前头，却没有猜到结局。

2008 年，我去了那家药厂实习。苏应风已经离去，他家也早搬得无影无踪了。我没有办法，就给他最好的同学写信，我想那信一定会转交到他的手上。

时光悠悠，我好想找个地方，安静下来，想一想我们在一起的那些年。但是我静不下来，我恨他，让我等了这么久，都不曾来见我一次。我等啊等啊，倒也等来一个人，郝樱摘掉墨镜，说不认识我了吗？

苏应风要结婚了，就是跟我眼前这个女人。她等他也等了很久了，等得眼角微微有了褶皱。现在她拿出了一盒子信，她说是苏应风让我还给你的，他说你们不会有结局的。

我笑了，傻子从来都认为自己很精，我也以为是我写给苏应风的信被她藏起来了。看着她离去的身影，我牙齿打着架，我要去找苏应风。

不是有个笑话说嘛，男人其实是很专一的动物。20岁时和20岁的女人在一起，30岁时还和20岁的女人在一起，40岁时仍和20岁的女人在一起，以此类推到80岁……那么苏应风21岁时和这个曾21岁的女人在一起，现在我也长到了21岁的年纪，他会和我在一起的。哪怕，他会抛弃我……

我真的希望他也这么“专情”。所以我要谢宽开车带我去找他，那天车都开在高速路上了，谢宽还没有放弃我，又或许他害了苏应风，所以他更有责任照顾我。他说，叶细细，做我女朋友吧。我们幸福给苏应风看，让他忌妒你。

这个世界只有我一个人不知道，我的匹诺曹呼吸了最后一口空气，看了最后一眼天花板，想了最后一下我……他因为暴雨天染的那场肺病转化成肺癌而永远离去。匹诺曹撒了一个谎话，匹诺曹嘴上说戏弄我，其实是想和我在一起，可是只有匹诺曹自己知道。这种结果如若给旁人知道，可能会笑一下，说一命还一命，充满戏剧色彩呢。

而我坐在副驾驶座上，看着谢宽坦诚的脸和闪着泪光的眼，被感动了。我想终于有人对我不离不弃，我想我会和谢宽在一起的。

那么苏应风，你使劲地后悔去吧。

尾

暴雨天，巷子里充满了泥土的腥味，不好闻，但是却别有一种感觉。我打着伞，匆匆忙忙地赶路，也愤恨着泥巴甩到我的裙子上。

后来，我听到了车铃声，有节奏地响了一阵又一阵，就像当年某人的车铃，清脆地划破了天空的阴霾，有种故人来的气息。

我兴奋地把伞丢掉了，我向巷口跑去，我张开双臂拦住了那辆自行车，茫茫大雨中，我大声地问他，你的后来都发生了什么，你好不好?

但我的梦终究要落空，我捡回了自己的伞，目送着那个陌生人，独自幽怨地向小巷的深处走去……

今生，匹诺曹不会和我在一起。

秋鬓染霜

陪你一起找罗马

■ 廖玉蕙

我忽然开始罹患强烈的相思病，你已然回到身边，却才是思念的开始。

一

那年，你18岁，提起简便的行李，毅然投奔住在洛杉矶的表姐，我的心情简直忐忑到极点。你和表姐不过一面之缘，竟然敢迢迢奔赴，我和你爸爸为你的勇气感到惊异。然而，也确实没法子了！联考失利，前途茫茫，你说希望我们给你一个机会到外头去闯闯看，我心里虽然害怕，但众里寻它千百度，却也找不出另一条路让你走。

从那以后，你用着贫乏的语汇和可笑的英文文法在异邦求学。从表姐家到Homestay，从语言学校到社区大学，一年三季，每季开学，电话铃响，最怕听到的就是：“我把‘海洋学’Drop掉了！”“我又把‘政治学’Drop掉了！”……我当然知道用中文念理化都不及格的你，用英文念海洋学是如何地困难。

两年多后的一个中午，例行的问候过后，你忽然在电话那头怯怯地试探：“我实在读不下去了，我可以回家吗？”

虽然也觉得放弃可惜，也想鼓励你坚持下去，我却听出你声音里的颤抖与不安，立刻回道：“当然可以！明天就回来吧。”

我感觉到你的心情似乎一下子得到释放，且笑且哭地回说：“哪有那么快！至少得等这学期念完吧！妈，你真的不介意吗？这样会不会没面子？”

“面子？谁的面子？我的？那大可不必顾虑，妈妈的面子不挂在女儿的身上。”

“我不是读书的料，我非常感谢你们花了这么多钱让我出来，回去后，我会立刻找个工作，您不用担心。”你语带哽咽地说。

我们从来不认为读书是唯一的出路，找一份工作赚钱也不是坏事，但是，怕太热心附和，会造成你的心理负担，我没有在这件事上搭腔。

二

一个月后，你拖着增添好几倍的行李回到台北。夜晚十一点才放下大包小包行李，你就急急上网寻找机会：十二点，你告诉我们明天将去应征工作；次日，由你爸爸陪同去面谈，你得到了平生第一份工作——秘书，真的履行了“立刻”找工作的诺言。任职的公司从事的是移民中介，你到美国学的英文尚未派上用场，就先瘫在邮寄大批资料上。在职的两星期里，正值盛夏，你常常汗流浃背，小跑步回家寻求父亲的援助。体弱易喘的你，红彤彤着一张脸，请爸爸用摩托车载运，一人工作，两人投入，两个星期下来，人仰马翻，加上英文仍是困难重重，你才知道进入社会并非易事。于是，历尽辛苦，你终于还是决定重返校园。

进入外文系就读，是你人生的另一个转折点。仰仗着这些年在海外培养出的勇于讨论的习惯，你大胆地发言，勇敢地表达，参加话剧公演、英语演讲，意外得到许多的奖励，一个自小学开始便惨淡得无以复加的求学生涯，好似开始逢凶化吉，呈现了崭新的希望。大二结束那年夏天，你从学校飞奔而至，兴奋地用颤抖的声音告诉我们：“你们一定不相信，我今年学业成绩是全班的第二名，可以拿八千块的奖学金。妈！我不行了！我高兴得快疯掉了！”

当时，我坐在客厅的沙发上，望着盘腿坐在另一边的你爸爸，两个人的眼眶，霎时都红了起来。我可怜的女儿，从国小起，就在课业上不停地受挫，小学时，成绩永远跨不过四十五名的关卡，在我们愁眉不展时，你还振振有词地辩称：“我至少还赢过两名同学哪！”

这样的你，一直视读书为畏途，永远寻不到学习的快乐，我们总是陪着你伤心，安慰你：“下回我们努力向四十四名迈进！”中学的毕业典礼上，疼爱你的几名老师深知你的课业成绩不理想，不约而同地安慰我：“这么可爱的孩子，不用担心！条条大路通罗马啦。”当年我苦笑以对，心中惶惶然，不知属于你的罗马在哪里。

三

前尘往事像倒卷的影片，一幕幕在脑中飞过，闪闪烁烁：

小二时，你被诊断出罹患严重的弱视，一纸诊断证书，解开了你既不爱看书也不爱看电视的谜团。于是，我们每星期定时从中坜开车北上，到台北长庚做弱视画图治疗，足足半年，终于将“戴上最深的眼镜都看不到0.5的视力”提升到1.0；接着，发现你手眼不协调，对儿童来说易如反掌的跳绳动作，你在爸爸锲而不舍的教导、陪伴下，足足练习几十天才成功；骑三轮脚踏车也老往同一个方向偏去，有好长一段时间，你那个苦心孤诣的爸爸，咬紧牙关，在中正纪念堂里扶着你和两轮脚踏车，跌倒了又爬起，练习了又练习，那样的身影，任谁看了都会鼻酸不已。而你终于学会骑脚踏车的那日，你爸爸眼泪纵横，仰天笑说：“谁还敢说我的女儿不行！”撩起裤管，才发现他双腿内侧挫伤得血迹斑斑。

医生说你的感觉统合能力不佳，必须加强运动，以促进前庭的发展。母女俩乖乖地日日早起，利用东门国小的运动器材，勤练从滑梯高处趴卧滑板冲下的运动，直到精疲力竭，汗如雨下。我蹲下身子，对着十岁不到的你说：“人一能之己百之，人十能之己千之。”乖巧的你，不知听懂了没有，却总是听话地一次又一次地重复练习，从不讨饶放弃。接踵而来的是气喘的折磨，小小的感冒往往能让你晕得天旋地转、喘得求生不能……病魔来袭时，最心痛听到你形容病情并安慰我：“屋子怎么老向一边倾斜过去？妈妈的脸一圈又一圈地往远处跑去……不过，妈妈不用担心，赶快去睡吧！我保证很快会好起来的。”

这样孱弱多病的孩子，做父母的怎忍心在课业上再做求全！我们最大的希望，就是你无病无灾、平安快乐。所以，虽然偶尔也会为你将来可能无法在职场上和别人一争长短而担心，但想到你一向的贴心乖巧，总又安慰自己：“老天岂会绝人之路！”

仔细回想，负笈海外的两年多，看似铩羽而归、前功尽弃，其实不然。除了仰仗着长期在英语世界的濡染，你考上了外文系外，在海外凡事自己来的独立精神的培养，使你开始思考将来要过怎样的人生。你有计划地在暑期参加各项进修，陆续学会骑摩托车、开车，受训拿到英语教学种子老师的执照，学会录影带的剪接技巧，加上在高职学习到的资讯处理，你已经迥异于昔日傻呵呵的女儿，具备了不错的应世能力。前些天，你在和导师的聚会里，跟老师讨教大学毕业后继续深造的问题，你说："我想跟妈妈一样，在大学里教书。"

虽然事情并不容易，我却为你的志气感到骄傲。说实话，我们简直不敢相信，眼前的女子就是当年在学校时永远冲不破全班倒数第三名难关的孩子！

四

你回国后两年，我们全家人有机会到美国旧地重游。艳阳天，你神情亢奋，在租来的车子里，指着窗外，一一介绍你当时的生活，我才知道你经历的是怎样的寂寞！

"那是我常去的百货公司，星期日，不知道要做什么，一个人只好去逛逛。你看到的我带回去的许多廉价打折货，就是在那里买的。"

我的眼眶蓦地红了起来！回想你携回台湾的行李数倍于当年带出国的，整理时，我讶异地发现许多东西竟成打地出现，眉笔、壁灯、发箍、小刷子、眼影……我边整理，边感叹你不知民生疾苦。你嗫嚅地回答说"成打地买，较划算，我逛街时遇到大折扣，不买可惜，都是便宜货。"

一样一样的小东西，是在见证着你浪游无根的寂寥，而我不察，竟不时兴奋地向你报告假日时如何和你爸爸的画友们出外旅游。

"那是我常去的公园，常常有老人在那儿晒太阳，星期日无聊，我有时候就到那儿和他们一起晒太阳。"

天很蓝，太阳在树梢上闪着耀眼的光，听着，听着，我的泪静静地顺着双颊流下。不善人际的女儿，在语言熟练的家乡就曾经饱尝交友的困难，更何况在人生地不熟的异邦。念书之外的漫漫时光，她和佝偻的老人一起在公园里晒太阳、想家乡。

你坚持带我们去你当年常去打牙祭的一家日本拉面店，你指着靠窗的位置告诉我："这是我常坐的位置。拉面还附送炒饭或煎饺，想家的时候，我就来这儿叫一碗拉面，靠着附送的蛋炒饭平息想念妈妈的心，这儿的 Waiters 都对我很好。"

我一口面也咽不下，摩挲着你坐过的桌椅，向店里中气十足地喊着"欢迎光临"的年轻侍者们深深一鞠躬，感谢他们在异地为你提供让人安心的温暖。

那回，从美国回来后，我才被我当年的大胆所惊吓，斗胆将一个不谙世事的"弱质"女儿送到千里之外的地方，幸而无灾无难地回返，若是其间你发生了任何的意外，我将要如何的自责且悲痛万分！幸而你平安地回来了，真好！虽说暂时的离巢，成就了一个独立自主的女儿，但是，从我们一起重游旧地归来的那日起，我忽然开始罹患强烈的相思病，你已然回到身边，却才是思念的开始。你一定觉得奇怪，妈妈忽然变得格外缠绵，珍惜和你在一起的每一分钟。

今后，不管晴天或下雨，要找属于你的罗马，爸妈陪你一块儿去。

疯子妈与傻子爸

■ 雷茂盛

一

1980 年那个夏天，傻子爸迎娶了疯子妈，十里山路，傻子爸背着又哭又闹的疯子妈，一脚深一脚浅地硬是将疯子妈背到家。到家时，傻子爸的手背上，全是被疯子妈抓的血痕。

奶奶是没有办法，不娶疯子妈，傻子爸可能这辈子都没有媳妇儿。虽然疯子妈不是正常人，也算是给九泉下的爷爷一个交代了。

疯子妈家里的条件不算差，进了傻子爸家里，看见一个破破烂烂的灶台上连一口好一点的锅都没有，当时就摸着门往外面跑。疯子妈虽疯，但知道傻子爸家这叫穷。

傻子爸追了出去，一跤摔在泥潭里，疯子妈没有停下来，傻子爸坐在泥潭里打着水花哭，疯子妈回头，指着傻子爸哈哈大笑，笑弯了腰。是奶奶把自己的嫁妆，一个银手镯拿出来哄疯子妈后，疯子妈才没跑的。但是她不跟傻子爸睡一张床，她嫌傻子爸脏，头上有虱子。

1985 年，他们的第一个孩子降生，就是我，后来又生了一个女孩。那时奶奶的眼泪从未干过，她担心我和妹妹是傻子或者疯子。

然而，我终究不是傻子，也不是疯子。3 岁时，我就能跟着疯子妈去打猪草了，疯子妈把我背在背篓里，唱唱跳跳地上山。

有了我后，傻子爸学会了干活，到耕种或收割的季节，他就去帮人干活，拿挣来的钱给我和妹妹买衣服穿。

傻子爸也给疯子妈买衣服，疯子妈要最好看的，傻子爸就偷偷把家里的一袋粮食拉去卖了，买了一件大红的衣服给疯子妈。疯子妈很高兴，穿着从村头唱到村尾，傻子爸也不拦，坐在村头的桥头上憨憨地笑。

二

1988 年的初春，一件事改变了我的命运。奶奶将我和妹妹送人了，我被送到小镇上，妹妹则被送到另一个村。那时我 3 岁，妹妹则刚刚断了奶。

我依稀记得，春寒料峭的早晨，天灰蒙蒙的，拖拉机在石子路上剧烈地颠簸，奶奶抱着妹妹，一个陌生的男人抱着我，他不停地冲我笑，这个人便是我后来的父亲。

奶奶将我们两姐妹送人的原因是疯子妈开始打我们了，疯子妈犯病厉害时，会一掌掌地掴我的脸，奶奶担心我们会被疯子妈活活打死。其实，真实的原因是奶奶嫌弃我和妹妹都是女孩。

据说，我们被送人后，疯子妈寻死觅活地闹过，她要她的孩子，闹着要点火烧房子，后来真的在房间里放了一把火，幸好全村人奋力扑救，房子才保了下来。

上学后，虽然疯子妈的样子在脑海里逐渐模糊，但我仍然会时时想起她。父亲骗我们，说疯子妈是我们家的一个亲戚。我只是将信将疑，不敢忘记疯子妈。

7 岁那年，疯子妈出现在我家门口，她看起来没有那么疯了，衣服很整洁，她站在门口不说话，只是一个劲冲着我笑，我愣在那里，不知所措。父亲出来看见疯子妈，拉着我让快喊干妈，我就冲疯子妈喊了一声“干妈”。

疯子妈手里提了一袋土豆，她不进门，在门口站了一会，畏畏缩缩地将土豆放在门口，一步三回头地离开了。

1996 年，我们家盖新房，傻子爸到我们家干活。那时我刚上初中，每天放学后，都会看见傻子爸坐在小镇的石桥旁唱歌。他看见我，立刻站了起来，冲我点点头，也不说话，只是憨憨地笑。

傻子爸在我们家做了两个月的工，离开那天清晨，我在上学的路上遇见他，他推着自行车跑到我面前，示意要载我去学校。我没有拒绝，他很高兴，将单车蹬得很快，快到学校时，他停了下来。他在我后面，憨憨地笑

着，看着我走进学校。

三

我是后来才得知，奶奶是在我 7 岁那年，也就是 1992 年秋天过世的。傻子爸把奶奶埋在了爷爷旁边，那棵老栗子树下面。

奶奶走后，妹妹被送回到疯子妈和傻子爸身边，据说抱养的人家意外地生了一个男孩。妹妹回家后，疯子妈和傻子爸靠给人家做工来供妹妹上学。

然而妹妹却恨疯子妈和傻子爸，她常常不回家，她怕别人嘲笑她，说她母亲是疯子，父亲是傻子。疯子妈做的饭不好吃，妹妹把碗狠狠地摔在地上，疯子妈被妹妹打，被妹妹骂，从未说过一句话。

疯子妈和傻子爸希望妹妹能像我一样有学上，有好看的衣服穿，便不知日夜地劳动。然而妹妹在上完小学后就辍学了，一个 11 岁的小女孩，跑到小镇上的一家餐馆替人洗碗端菜。我见过她几次，是同学说她长得像我。

她确实像我，但非常瘦，我和同学到那里吃小吃，她也盯着我看。后来我看见疯子妈来找她，她不跟疯子妈走，将疯子妈推倒在路上。疯子妈爬起来，扑扑身上的灰尘，咿咿呀呀地朝街的另一方去了。

1999 年，我初中毕业时，妹妹已经不在小镇上了，听说去了县城，后来又去了广东。

妹妹走后，疯子妈疯得更厉害了。我上高二那年，父亲带着我去看了一次疯子妈。疯子妈披头散发地坐在门前，见了我，迅速躲进了屋里。

父亲说疯子妈可能不认识我了。我在门外喊她干妈，只听见她在屋里哭。傻子爸没变化，只是头发白了许多。父亲给傻子爸拿了些钱，又陪傻子爸喝了几杯酒，我喊他干爹，他很高兴，捧了一捧花生塞在我的口袋里，嘴里只说："好吃，好吃。"

四

我是上大学那年知道自己的身世的，是父亲告诉我的。父亲抹着眼泪说：“芸儿，你大学毕业了，要来看看你干妈干爹。他们是可怜人。”我不相信，拼命往外跑，脑海里全是疯子妈的样子。

2007年的春节，我本不打算回家过年，留在学校复习考研。但父亲给我来电话，说傻子爸生病住院了，听到消息，我收拾行李，第二天便赶到了家。

还好，傻子爸得的是急性阑尾炎，父亲付了手术费，手术很顺利。我按父亲的吩咐，给傻子爸买了水果，并陪他聊了一会儿天。他的话不多，只听我讲学校里好玩的事情，一个劲地笑。手术第二天，他急着出院，说要给我做一顿饭吃。

从医院出来，疯子妈手里正拿着两个馒头，见了我，她伸手递了一个馒头过来。我没接，她又缩回了手。她走后，我愣在那里，忽然听到外面有小孩哭得声嘶力竭地喊着妈妈，我的眼泪滑过脸庞。

我追了上去，在医院的花园旁边，小声地喊了一声“妈”。疯子妈手里的两个馒头顿时滚落，随后号哭着朝父亲的病房跑去。

那是疯子妈生前我唯一一次把她叫做“妈”。大学毕业后，我留在了城里，2009年，疯子妈离开了人世。我去参加了疯子妈的葬礼，妹妹也回来了，给疯子妈买了一件大红的衣服。疯子妈走后，妹妹接走了傻子爸，她嫁给城里一个开出租车的男人，男人对她很好。

今年8月，我准备结婚，傻子爸一个人坐火车来找我，从兜里掏出一个手镯，说是疯子妈去世前让他转交给我的。而我也才知道，当年决定把我送人的人是疯子妈。傻子爸还说，这么多年，疯子妈时好时坏，睡梦中，常常念叨着我的乳名。

你的左手，美丽的意外

■ 晴天娃娃

一

2010 年 4 月 19 日是你出生的日子，也是妈妈这一生都铭记于心的一天。调皮的你在妈妈肚子里刚刚住满 37 周零 3 天，就迫不及待地想要出来见识外面的世界。因为羊水早破，没有阵痛没有规律性宫缩，为了你的安全，妈妈选择了剖腹产。

12 点 30 分进手术室，13 点 03 分你用一声啼哭宣告了你的到来。同时，妈妈也听到了这一生让我最痛苦的一句话："哎，这个娃娃怎么手有点不好呢?"那一刻，我蒙了。我哀求护士让我看一眼新生的你，可是因为没有戴眼镜，我无法看清楚。从护士的口中，我得知了这个对于我还有我们全家都是晴天霹雳般的事实：你，我的女儿，左前臂阙如畸形!

从手术室出来被送回病房后，我看到了小婴儿车里的你。那一刻，一直没有流出的眼泪汹涌而下。你那么乖地躺在那里，无声地证明着这个我怎么都不愿意相信的事实。我听不到你奶奶的劝慰，听不到病房里其他人的声音，回响在耳边的只有医生的话：手不好，没有左手!

二

因为你的出生太匆忙，爸爸还没有从西藏赶回来，奶奶只告诉了他，是女儿。爸爸欣喜不已，因为他一直都那么那么希望有个女儿，现在如愿以偿，他非常非常开心。他在路上给妈妈打电话，妈妈不知道该怎么告诉他这个消息，默默地挂掉了电话。他察觉到了我的异常，发来信息问：是孩子还

是你有什么不好？别瞒我。

妈妈用了很久很久的时间才按出那几个字：她没有左手。爸爸很快就给妈妈回了信息，他说：没有关系，我依然爱你们。

握着手机，我把头埋在被子里，痛哭流涕。我多么希望这是一场梦，梦醒来的时候你还乖乖待在妈妈肚子里，听着你最喜欢的钢琴曲，在阳台上和我一起晒太阳，我可以清楚地看到你踢着妈妈的肚皮……

可是，我一歪头就能看到睡在身边的你，看到你左边空空的衣袖……妇产科医生告诉我，这种情况医学上称为“海豹手”。这个我从来没有听说过的词，就这样突然地出现在我们的世界里，所谓的几十万分之一的几率，在事情发生之后，对于我们，成了绝对的百分之一百。

三

月子里，妈妈很脆弱，总是窝在爸爸怀里哭泣。我怕，怕你长大了会因为没有左手而不开心，怕你生活不能自理，怕你被人嘲笑，怕你会怪妈妈不能给你一个健全的身体……

抱着你，看着你，我总是在问：你愿意这样活下去吗？如果能够选择，你是不是想要活下去呢？

妈妈无数次想过自杀。我恨自己，为什么没给你一个健全的身体？我恨老天，为什么选中的是你，是我的孩子？

爸爸反复地开导妈妈，他说，你一定是想活下来，才聪明地躲过了那么多次检查。因为害怕后面的检查，所以刚刚足月就急急忙忙地出生。他说，你不会恨妈妈的，因为妈妈给了你生命；如果没有妈妈生下你，那么你连怨恨责怪的机会都没有。他说，我们一家人会好的，我们要好好地活下去。他说，妈妈不能垮，宝宝还需要妈妈呢。

对不起，宝宝，那时的妈妈太懦弱了。妈妈只顾自己伤心而没有好好照顾你，一直回避着你没有左前臂的事实。因为妈妈的照顾不周，你手臂残端才会磨破皮而导致感染，在刚刚满月的时候就住进了医院的新生儿监护室。诊断结果是败血症、肺炎，还有脑膜炎。那时的妈妈憎恨命运为什么不肯放过我们，为什么一次又一次地折磨着瘦小无辜的你。一次次的考验，让妈妈的神经脆弱得随时可能崩溃，而爸爸因为工作的原因又必须回到西藏。

那是一段多么黑暗的日子，妈妈一周只能去看你两次，一次只有几分钟。看到你头上的留置针头，看到你因为要输液被剃得乱七八糟的头发，看着你苍白的小脸，我的心好疼。

有人劝妈妈放弃治疗，说，你的手已经不好了，万一脑子再不好怎么办？妈妈做不到，怎么能眼睁睁地看着你受病痛的折磨而不去给你医治呢？爸爸也说，我们不抛弃不放弃更不会遗弃！

在医院，妈妈看到了很多情况比你更严重的宝宝，那时我才明白，有你我已经很幸福。我卑微地祈祷着，只要你能恢复健康，平安地在我身边长大，我真的不再在乎你失去了左手。

宝贝，你很坚强。在医院住了26天之后，你终于重新回到妈妈的怀抱。接你出院的那天，妈妈告诉自己，以后不能再对着你流泪，要给宝贝一个快乐的妈妈。

四

随着你一天一天长大，妈妈也在努力地正视这个事实。你喜欢在外面玩，我就抱你出去转，在面对别人好奇的眼光和询问的时候，从最初的回避，到现在可以坦然地告诉他们：生下来就没有。看着他们同情的眼神，我会很勇敢地说，没关系，我很爱她。她有右手，也可以自己照顾自己！

这是一个需要重复锻炼的过程，尽管每次讲出这些话我都会心疼，但是为了以后你也能勇敢地面对这一切，妈妈会比以前更坚强。

你会吃手的时候，有一阵非常想吃左手，吃不到就特别着急，急得“啊啊啊”地叫；你在练习抬头的时候，努力地用一只胳膊撑起自己的身体；你学翻身，只能往左边翻；你学坐，总是坐不稳，要往左边倒；给你玩具，你只能用右手抓；有时你会用右手去抓自己左边的衣服用小手托着短小的左臂……

看到这些的时候，妈妈都很难过，心疼得能够滴出血来。可是宝贝，我

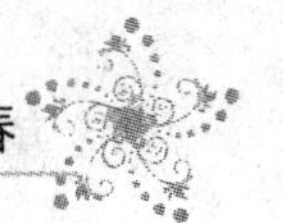

知道，这些是我和你都要接受的现实。还有以后，你要学走路，跌倒的时候你只能用一只手去撑；你要学着一只手吃饭，穿衣，洗脸，照顾自己；你要学会一只手去翻书，写字，拿东西；你的成长道路一定会比其他小朋友要艰辛许多，可能别人轻而易举可以完成的事情对于只有右手的你来说就很困难。不过我们中国有句老话叫“车到山前必有路”。我也相信聪明的你，一定会有自己的办法去完成这些的。像最初妈妈担心你不能翻身、不能支撑、不会爬，可现在你都做得很棒！

其实妈妈最最担心的是你的心理健康，每每看着你灿烂的笑容，我都会默默地问自己：“她再大一些，还会笑得这样阳光吗？”

宝贝，等你懂事了，我该怎么给你解释这缺失的左手呢？该给你讲一个怎样的美丽故事，可以让你更勇敢更坦然地接受这个现实？你还将要面对各种各样的目光、表情和语言，面对人们的同情、怜悯、好奇，甚至歧视，你必须有着非常坚韧的性格和强大的内心。爸爸妈妈愿意陪你一起去面对这些，我们愿意做你最最坚强的后盾，给你最温暖的爱、最有力的支持。我们都希望你能做一个简单快乐的人，勇敢地面对你人生道路上的所有困难与挫折。我们不会把自己的意愿强加于你，不强求你多么的出类拔萃，唯一的希望就是你能够快乐地生活。宝贝，我们都相信，你可以自理，长大之后也一定能够自立，是一个自尊自爱的快乐女孩。

五

宝贝，你很幸福。虽然你比其他小朋友少了一只手，可是你得到了很多爱和关心，很多素不相识的人给了我们很多的祝福和鼓励。这些温暖陪伴我们度过了最难熬的那段日子，妈妈一直都深深地记在心底。请你也做一个知道感恩的人，在你有能力的时候，也一定要记得给别人一些力所能及的帮助。怀着一颗感恩的心，你会体会到世间更多的温暖与美好。

妈妈一直不喜欢用“不幸”这个词来形容发生在你身上的这件事情，我和爸爸都一直认为这是一个意外。尽管开始的时候，给了我们很大的打击，但是随着你慢慢长大，看着你的笑脸，听到你喊 mama、baba 的稚音，我们越来越觉得这是一个美丽的意外。因为有你的到来，爸爸妈妈懂得了责任的含义，也感受到了人与人之间相互关爱的温暖。宝贝，妈妈感谢上天把你赏赐给我，让我有幸可以做你的母亲；我愿意陪着你一起面对人生路上的苦与乐，能够看着你一天一天长大，从出生到抬头，翻身到会坐，学爬到走路，再到你上学、工作、恋爱、结婚。你每一点一滴的成长，都是妈妈和爸爸幸福的源泉。

让我们一家人，在一起，努力地好好活下去！

无赖爸爸

■ 冬妮娜

那时候，我家住在一个小胡同里。邻居们都知道，我爸爸是个无赖。

是的，一个快 40 岁的男人不出去干活挣钱，整天就知道抽烟、喝酒、伸手管女人要钱，时不时地还跟自己的女人耍下三滥的手段骗钱，这难道不是无赖吗？我和爸爸的关系并不好，可是在哥哥和妹妹的印象当中，爸爸最疼我这个老二，也许就是因为我有先天性心脏病。

一个昏黄落日的午后，我的心脏开始抽搐一般的疼，然后人就晕了过去……

5 岁的我，并不知道自己即将面临的是什么。只记得妈妈在我面前哭得很伤心，念叨着，一定要凑齐钱给我做手术。

在我被推进手术室的前一晚，他偷偷潜入了我的病房，在并不明亮的灯光下看了我一会儿，然后伸手拿走了妈妈偷放在我枕头下面的 200 块钱。幼小的我并不敢说什么，只记得他临出病房门的时候，回头看了我一眼，他的眼中有晶莹的泪花。

妈妈发现她偷偷藏在我枕头下面的钱没了，哭了整整一夜。200 块钱，对于那个非常时刻来说，已经很宝贵了。

好在我的手术做得顺利。我躺在床上一边休息，一边用自己的小手掐指算着，从我做手术那天算起，他已经 5 天没有露面了。我不知道他拿了那 200 块钱干什么去了，也许是被他输光了，他现在没有脸见妈妈了。

没想到那天下午，他就拎着好多好吃的来看我了。他拍着胸口说："这是你老子挣的！给你补补身子，你老子厉害吧！"然后将 200 块钱甩在妈妈胸口："这是我借你们的 200 块钱，还给你了啊！"

妈妈当时拿着那钱，并没有显得多开心，反倒是一脸忧愁地问："你又去哪儿赌了？你今天赢了钱，明天会加倍输的！以后你去赌，别在我们娘几个身上搜刮！"

他冲着妈妈不屑地吐了一口唾沫，骂骂咧咧地说："臭婆娘，你嫌我给你的钱少了吧？那好，再给你 100 块钱，给老二买点吃的吧！"说着，他又从口袋里掏出了 100 块钱，丢在妈妈面前，然后转身离去。

正如妈妈所说，生活不会让他这样的人这么轻易得逞的。就在我临出院的那一天，妈妈接到派出所的通知，说他因为赌博输了钱，在赌桌上与人发生口角，将另一个赌徒刺伤，刀子插在了人家的肺上，情况很严重。

这一消息，对于我们这个千疮百孔的家来说，简直就是一场梦魇。妈妈当时瘫软在地上，面无表情，也没有泪水。

姑姑听到了这个消息后，赶紧跑来医院一边安慰妈妈，一边帮我办了出院手续。妈妈始终坐在床上，目光呆滞如傻子，不肯说一句话。我依稀记得那一年，我已经了解什么是对一个人的恨了。

就这样，爸爸被判入狱。

我 12 岁那年，身体好了，长成了一个结实的小伙子。哥哥已经去饭店打工来供我和妹妹上学，妈妈也在家里做起了手工活。

而且，妈妈恋爱了。自从他入狱之后，妈妈带着我们兄妹三个在别处租了一个房子，妈妈的男朋友，就是这房子的房主，张伯伯。

张伯伯很好，只是比妈妈稍大几岁，对我们兄妹几个也很好。我们都在心里默认了这个人，觉得妈妈应该嫁给他。

一个小雨纷飞的日子，一位警察走进了我们家，通知我们，爸爸因为在里面表现良好，获得了一次回家探视的权利。希望我们好好做准备，能珍惜和他在一起的这两天。得到这个消息，除了妈妈，我们兄妹几个脸上看不出高兴。哥哥已成了家中的顶梁柱，一口回绝了警察："我们家权当这个人死了，让他不要回来了。"

妈妈却大声训斥哥哥："彬子，不要瞎说，那是你爸！"并讨好地跟警察解释："警察同志，让他回来吧，我这孩子不懂事儿。"

那天晚上，我们兄妹三个跟妈妈闹。她这样做，必定会伤了张伯伯的心，妈妈却跟我们解释："孩子们，要想和你张伯伯在一起，我得先跟你们的爸爸把离婚手续办了。这些，我都跟你张伯伯说了，他同意让他来这儿，并且当面跟他说清楚，劝他跟我离婚。”

听了妈妈的真正用意，我们终于喜笑颜开。

他回来的那天，张伯伯也来了。我们给他包了他最爱吃的饺子。我看到他的第一眼，就觉得他老了，两鬓的头发已经花白，脸上也没了当年的匪气。他看见我们3 个站在台阶上，眼眶就湿润了。张伯伯友好地走到他面前，拍着他的肩膀说：“进来吧。”

他抬头看看张伯伯，似乎明白了什么。有那么一瞬间，我心头突然涌上了一股莫名的温热，觉得他可怜无比。

饭桌上，他没有说话，眼神扫向坐在他对面的我们兄妹三个。后来一直低着头不敢正视我们，真的像一个犯人。

看我的时候，他的眼神多在我身上逗留了一会儿，冒出第一句话：“孩子，你好了?”

我转过头去，没有答理他。妈妈笑着帮他打圆场：“牛子现在壮得跟头牛似的。”他笑中含泪，点点头。

这一句，终于让妹妹坚持不住，趴在桌子上号啕大哭了起来。

吃饭完，张伯伯和妈妈将他叫到另一个屋子谈话，很快他就出来了，因为警察在外面催他。我们几个跑进屋子里看见桌子上的离婚协议，上面签着他的名字。哥哥拿着那张离婚协议，再也忍不住了，眼泪啪嗒啪嗒地掉下来。他和妹妹跑出去，冲着已经上警车的他大叫了一声：“爸!”

我躲在后面，看见所有人都哭了。他透过警察的窗户指着我说什么，车子已经开动起来，我们都没听清楚他的话。

后来，我 20 岁了，成了一个大小伙子。这些年，时而有他在狱中的消息通过熟悉的人传出来，后来这些消息越来越少，直至大家都把这个人淡忘。只是我心中一直有一个结，后悔当初他回家的时候，没有叫出那声爸爸。

张伯伯和妈妈过得挺好，供我和妹妹念了大学，我和妹妹很感恩。

哥哥到了结婚的年龄，张伯伯帮哥哥张罗了一门亲事，眼下住房紧张，妈妈决定把我们搁置很久的那套房子收拾一下，给哥哥结婚用。女方家要求必须把房子的房产证改成大哥的名字才肯结婚，当初爸爸将房产证放在了姑

姑那里，妈妈决定去姑姑家把房产证要出来，办理一下过户手续。

怕姑姑不肯把房产证交给妈妈，我们兄妹三个陪着妈妈一起去了姑姑家。

姑姑得知我们的来意之后，支支吾吾地不知道该说什么好。我怀疑她是不想交出房产证，于是就用训斥的口吻对她说："姑姑，我不知道为什么爸爸要把我家的房产证放在你这里。可是你压了我们家这么多年了，我哥要结婚我们兄妹都不介意把房子给他，你就不要从中作梗了！"

没想到姑姑因为我的这句话勃然大怒，"牛子，你太没良心了！你们不就是要房产证吗？好，我去拿给你们！"

姑姑走进屋里，拿出了房产证，还有一封财产公证书。上面清楚地写着，爸爸要将这房子留给我，因为我身体不好，不想我长大之后，再为房子的事情奔波。

姑姑泪流满面地说："我知道，牛子，你恨你爸。可是，你知道吗，你爸最疼的就是你！虽然他不是什么好人，但是他已经为他做的事情付出了代价。房产证你们拿走，至于给谁，我不管。"

哥哥、妹妹还有妈妈都沉默了。我怔怔地看着那张房产证，泪流满面。

房子还是给了大哥，虽然他一再说不要。我觉得，爸爸赐予我最好的礼物，并不是房子，而是他让我感到他的确是爱我的。至于从前的种种，我要试着忘记，等他回来的时候，一定要补偿他。

大哥结婚的那天，狱中传来了噩耗，说爸爸上吊死了……

他的狱友说他对出狱后的生活没有信心。因为他表现良好，得到了提前出狱的机会，再过一个月他就可以看见外面的蓝天了。可是谁都不会料到，他会用这种方式，结束自己的生命。

警察说我们可以把尸体带走，我决定亲自把他从那堵高高的围墙中背出来。近距离看到他的时候，才发现，他居然那么老了。两鬓的头发已经花白，脸上也布满了皱纹。我背起他，听到两个警察在我身后议论着：

"那个人为什么进来的？"

"据说是因为赌博赢了钱，那个人赖账，他就把那个人捅了。当年审讯他的前辈说，他是要拿那钱给儿子看病的……"

我抬头看看天，阳光真好，却晒不干我的眼泪。

只想叫你一声娘

■ 张燕峰

1. 当仁不让地收养

大姐16岁那年，娘嫁给了爹。其时，大姐初中刚毕业。镇上缺老师，大姐便离开了新婚的爹和娘，一个人吃住到了镇上的小学校里。

爹的祖上是官宦人家，不过历经战乱和朝代更迭，早已家道衰落。到了爹这一代，只剩下了一堆陈芝麻烂谷子的前朝往事，但总被爹津津乐道。也许只有在遥想祖先的繁华和荣耀的时候，爹的心灵才会获得些许的快慰，因为这时的爹总是容光焕发，言语之间豪气冲天。更多的时候，爹是黯淡的，孱弱无力的。尤其是面对惨淡的家境和繁重的体力活时，爹就更加黯淡了，瑟缩在母亲背后，像一个没有长大的孩子，似乎连身高也缩短了许多。

爹娘婚后的第二年，二姐就出生了。由于缺奶水，二姐饿得没日没夜地哀号，爹烦不胜烦，看着这个头发又黄又稀疏，皮肤又红又皱巴，整张脸像松树皮一样干瘪的婴孩，爹便终日吵着要送人，嘴里还嘟嘟囔囔：“不孝有三，无后为大。”娘被吵得心烦意乱，在送与不送之间，娘的心就像钟摆一样，摇摆不定。

大姐回到家里，爹不胜委屈地又重新弹起了他所谓的“不孝”和“无后”的老调，娘不说话，只是眼泪飞溅如散落的珠子。望着一穷二白徒有四壁的家和形容枯槁、头发蓬乱如鸡窝一样的娘，大姐咬了咬嘴唇：“要送就送给我吧。”话虽说得缓慢，但字字千钧。

终于把这个包袱扔掉了，爹喜不自禁。娘则痛哭流涕：手心手背都是肉，17岁的大姐在娘眼里还是个孩子啊。

当天，大姐就把二姐带到了她的小屋里。不知道她是怎样地操劳和辛苦，也难以想象她是怎样分身有术，既搞教学，又照顾尚在襁褓中的二姐。只是后来听说，那几年里大姐把她挣的工资全部给二姐买了奶粉、衣服和玩具，而她只是粗布旧衣，熬过了一年又一年。

2. 慷慨无私地救助

之后的七八年里，爹爹已浑然忘却在大姐那里还寄居着他的亲骨肉，而娘也是有心无力，因为我和弟弟已如雨后春笋，一个接一个降临人间，来到这个贫寒之家。

此去经年，大姐到了女大当嫁的年龄，可好人家谁又愿意娶她呢？娶了大姐，还要同她共同抚养二姐，这样的傻事谁肯做呢？

在大姐二十八岁那年，一个朴实厚道的煤矿工人做了我们的姐夫。听说大姐并不爱他，婚后也磕磕碰碰了很多年。

接连两个儿子的出生丝毫没有激发爹的男人尊严和作为父亲的责任感。爹仍然畏畏缩缩，在生活的压力面前不是躲就是逃，实在逃躲不过，就大打折扣，敷衍了事，生活的全部重担实际上仍然是娘一个人在扛。大姐心疼娘，除了抚养二姐，还时时接济穷困中苦苦挣扎的娘。

大姐婚后，姐夫的工资高一些，家里的米面油盐全部由大姐供应。而爹仿佛此时才突然想起了大姐。从此，家里事无巨细，即使是小如针尖的事也要找大姐，一斤醋八分钱，也要找大姐要。村人看不惯，戏谑他为“老母猪找到了萝卜窖。”

爹并不以为意，只咧着嘴笑：“谁让我女儿能干。”爹口口声声视大姐为女儿，而对亲骨肉的二姐却从来不闻不问，陌不相认。

姐夫有时看不过，刚想发几句牢骚，大姐即刻冷了脸，横眉立目。姐夫只好闭了嘴，噤了声。姐夫实在忍不住了，酒后与人言：别人娶老婆，而我是娶了一大家子。此话辗转传到大姐耳朵里，大姐的脸阴沉了数日。此后，姐夫便不敢多言，任劳任怨，俯首甘为孺子牛，默默地拉起了两个家庭的重车。

3. 灾难悄然来袭

灾难像个恶魔一样，让这个因大姐、姐夫慷慨救助，刚刚有了欢笑的家庭再次愁云惨淡，陷入绝境。小弟十二岁那年得了一场大病，而大姐的儿子刚刚四岁。大姐和姐夫抱着小弟多次南下北上，遍寻名医，终不见好转。爹哪里能承受得住这样的打击，终日哀声叹息，很快卧倒在床，一病不起，缠绵病榻一年有余，终撒手而去。

就这样，两家合为一家。大姐和姐夫理所当然成了名副其实的家长，而我和二姐、小弟和已是风烛残年的娘，同外甥一起，成了他们倾情庇护的幼儿稚子。

不久，大姐民办教师转正，生活略有好转，奈何人多嘴多，一大家人的生活仍然捉襟见肘，周围的人纷纷去县城买房置地，而我们仍挤在煤矿的棚户区不足三十平米的屋子里。可从没有听过大姐和姐夫抱怨过什么，倒是经常见娘抹着眼泪，絮絮叨叨，哽咽不止："是娘没用，拖累了你们。"

大姐梗着脖子，说："一家人还说什么拖累不拖累的。"姐夫则在一旁憨憨地笑着："您老人家跟自己的闺女女婿还这样生分。"

小弟的病不见好转，但大姐和姐夫仍不愿放弃，他们不知从哪里搞到一个偏方，于是，每天下班后都要上山去采集草药熬汤给小弟喝，说也奇怪，小弟的病慢慢好了起来。

4. 不离不弃地守护

几年时光，二姐已如出水芙蓉，出落成亭亭玉立的少女，可单纯的二姐遇人不淑，始乱终弃。二姐一时想不开，疯疯癫癫，四处乱跑，逢人非打则骂。

众所周知，二姐是大姐一把屎一把尿拉扯大的。大姐悲恸欲绝，请了假照顾二姐。二姐跑到哪里，她便跟到哪里。二姐跑到了泥塘里，她的身上也会滚一身泥；二姐一头扎到水库里，为了救她，她也差点被淹死。更多的时候，她会被二姐抓得披头散发，体无完肤。

娘老泪纵横，嘶哑着嗓子哭诉："我上辈子作了什么孽，罚你今生这样来替我赎罪。"

邻居们也好意劝道："你已仁至义尽了，随她自生自灭吧。"

这时，一向温和的大姐就会红着眼睛，直直地瞪着人家，凶狠得好像要吃人，"她不是别人，是我妹妹，我妹妹啊。"尤其是那两个"妹"字出口的时候，大姐的右脚用力地跺着地，咚咚得山响。

来人摇着头，叹着气，讪讪地离开了。

娘不堪面对这样的折磨，带着对人世的依依牵挂和诸多不舍，离开了我们。

这样的苦日子熬了几年，我和外甥相继考上了大学，离开了这个风雨飘摇，终日被眼泪和苦水浸泡的家。

5. 同舟共济做嫁衣

也许是大姐的辛劳感动了上苍。一天，二姐仿佛被施了魔法，从多年的噩梦中苏醒了过来。她看着苍老疲惫憔悴黯然的大姐，似乎明白了过来，她紧紧抱着大姐，哭得撕心裂肺。大姐却是喜极而泣，眼泪纵横，打湿衣襟。

小弟高考落榜，回村务了农。于是给二姐和小弟成家便提上了家庭日程。小弟身体一向瘦弱，虽是男孩子，但纤细得像根豆芽菜。这样的人在农村娶亲自然是要多花数倍彩礼的。为了供我们上学，给二姐治病，家里哪还有什么积蓄，天知道大姐和姐夫苦苦哀求了多少人，总算把十万彩礼凑够了，好歹给小弟在爹留下的祖屋里成了家。很快，二姐也出嫁了。

6. 债台高筑看蜗居

大姐终于能够喘口气了。人们都认为大姐终于苦尽甘来，享受一下生活的甜蜜和芬芳。因为二十年来的相濡以沫，大姐和姐夫的感情早已水乳交融。

大姐还没有还完给小弟成家所欠的外债，我和外甥又先后成家。无奈，大姐再次债台高筑。又是十年的省吃俭用，节衣缩食。五十岁不到的大姐看上去分明像个六十岁的乡野老妇，头发花白稀疏，牙齿也残缺了好几颗，脸上皱纹阡陌交错，一道道拥挤着，堆叠着，似乎一不小心，就会跌落下来。

这时候，大姐的同事朋友们早已在城里鸟枪换炮，住上了楼房，而大姐和姐夫还蜗居在棚户区的老房子里。房子已年久失修，摇摇欲坠，更凄凉的是棚户区早无人住，周围到处散落着乱石瓦砾，荒草萋萋，昏鸦飞落，大姐的房子成了名副其实的荒原孤岛。

7. 只想叫你一声“娘”

于是，我和外甥、小弟、二姐商量，给大姐在县城买套楼房。房子还没有买上，大姐已轰然倒下，这个在所有人眼里巨人一般岿然而立的她，竟已是肝癌晚期。

看到沉卧病榻、奄奄一息的大姐，我们每个人都肝肠寸断。

我们泣不成声，心里在狠狠地诅咒上天如此不公，竟然让这样一个无私大爱的女人没有好报。大姐一生辛苦令人难以卒读，苦难的日子已把一个柔弱的女子练就了一双钢铁般的臂膀，担着两个家庭，七口人的命运，日子刚刚好转，还没有享一天福，她的生命却如油灯枯竭，垂危病重。

大姐醒来，外甥强忍着眼泪，勉强挤出一丝笑意，轻轻地唤一声：娘！我们姐弟三人也悄悄回头抹去脸上的泪水，扑到她的病床前，二姐情不自禁地叫道：娘！随着二姐的这一声“娘”，多年往事历历在目，是的，如果不是大姐无怨无悔地付出，姐弟几个一定会如蓬草如浮萍，命运该会是何等的凄惶？想到这里，我和小弟也忍不住高声叫道：“娘！”

这一声声“娘”，深情，痛楚，使我们刚刚擦去的泪水再次汹涌而下。

涂鸦天下

从抓痒开始

■ 罗伯特·谢克里

昨天夜里我做了一个奇怪的梦。

我梦见一个声音对我说，“请原谅，打扰了您先前的那个梦，可是我有一个紧迫的问题，只有您能帮我解决。”

我梦见我回答说，　“不要客气，那也不是什么好梦，只要我能帮助你……”

“只有你能帮忙，”那个声音说，“不然，我和我所有的人民都要完了。”

“啊！”我不禁感到吃惊。

他的名字叫福罗卡，是一个很古老的种族的成员。从太古时代起，他们就居住在一条四面群山巍峨的宽阔的峡谷之中。他们是性情温和的人民，随着时间的推移，他们创造了一些杰出的技艺。他们的法律是惩戒性的，但他们以一种抚爱、宽容的方式把孩子抚养成人。虽然他们之中有少数人好酒贪杯，偶尔也有人行凶杀人，但是他们认为自己是心地善良、品格端庄的有感情的生物，他们……

我打断他的话。“你难道不能直截了当地谈谈你那个紧迫问题吗？”

福罗卡对他的絮絮叨叨表示歉意，可是又解释说，在他的世界上，恳求别人帮助的标准形式就包括一个冗长的声明，来说明恳求者在道德方面是正派的。

“好吧，”我对他说，“我们来谈谈那个问题吧。”福罗卡深深吸了一口气，开始讲起来。他告诉我说，大约一百年前（按照他们的方式来计算时间），一根红黄色的巨大曲轴从天而降，在他们三大城市之一的市政厅前的一尊未知神雕像附近着陆。

这根曲轴是不规则的圆柱形，直径约两英里。它往上升到他使用所有的工具够不着的高度，这是违反所有自然规律的。他们测试了一下，发现这根曲轴隔冷、隔热、隔菌、不怕质子轰击，实际上他们能想到的所有东西都不能穿透它。它停在那里，纹丝不动，令人难以置信，整整停留了五个月十九小时零六分。

然后它又毫无原因地向北偏西方向运动。它的普通速度是每小时78.881英里（按他们的方式计算）。它在地面划开了一条长183.223英里、宽2.011英里的深沟，然后就消失了。科学权威们针对这个事件举行了座谈会，但没能作出什么结论，最后他们宣布说，这是无法解释的、独特的现象，也许不会再有第二次。

可是一个月以后，又千真万确地发生了这种事件。这次是在首都。这一次，圆柱体以看来不同的方式一共移动了820.331英里。财产损失不计其数，有好几千人丧生。

过了两个月零一天，曲轴又返回来了，三大城市都受到了影响。

到这时，大家明白了，不仅仅他们个人，而且是他们整个种族，都被一些未知的，也许是不可知的现象所危及。

在一般人中，这个消息引起了广泛的绝望情绪。人们的表现变化很快，一会儿是歇斯底里，一会儿又是漠不关心。

第四次攻击发生在首都东部的荒地上。真正的破坏微乎其微，可是这次大家普遍感到惶惶不安，结果许多人纷纷自杀，死亡数字使人震惊。

形势是令人绝望的。这时假科学被引来和科学一起奋战。无论是生物化学家也好，看手相的也好，还是星相家也好，他们提供的帮助都受到尊重，他们的理论都得到充分发挥。在一个夏季的夜晚，美丽的古城雷兹和它的两个郊区被化为乌有，尤其是在经历了这个可怕的夜晚之后，甚至连最奇怪的概念也不能不加以考虑了。

"请原谅，"我说，"听到你们遇到了这一切麻烦，我很难过，可是我不明白这跟我到底有什么关系。"

"我刚才正要谈到这一点。"那个声音说。

"那就往下讲吧，"我说。"可是我要劝你抓紧一点，因为我觉得我很快就要醒了。"

"我自己在这件事情中的地位很难解释清楚，"福罗卡继续说。"我的职

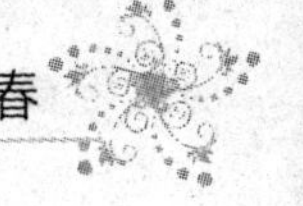

业是公职会计师，可是作为一种爱好，我经常涉猎各个不同领域，我用我们称为喀拉的化学药品做试验，这种药品经常使人处在大彻大悟的状态之中……”

“这种药品我们也有。”我告诉他。

“那么你是理解的啰！嗯，就在幻游的时候——你们用这种术语吗？就在它的作用下——姑且这样说吧——我了解到一个情况，完全是从外部来理解的……不过要解释清楚却很困难。”

“往下说，”我不耐烦地插嘴道。“讲讲核心问题。”

“好吧，”那个声音说道，“我意识到，我们的世界生存在一层平面之上——原子平面、次原子平面、振动性平面，简直是个无限平面的实体，而这些平面又都是其他平面的组成部分。”

“这一点我了解，”我激动地说，“我最近也意识到了我们世界的同一情况。”

“因此我认为，显而易见，”福罗卡继续说，“我们的一个平面受到了震扰。”

“你能不能说得再稍微明确一点？”我问。

“我个人的感觉是，我们的世界正在分子平面上受到一次入侵？”

“太野蛮了，”我对他说，“可是难道你没有能对这次入侵进行跟踪吗？”

“我想我这样做了，”那个声音说，“可是我没有证据。所有这一切都纯粹是直觉。”

“我本人就相信直觉，”我对他说，“告诉我你发现了些什么。”

“好吧，先生。”那个声音犹犹豫豫地说，“我已经认识到——本能地——我们的世界是您身上的微观寄生体。”

“你讲清楚！”

“那好！我发现，我们的世界坐落在你左手的第二个和第三个关节之间。按照我们的时间，它在那里已经生存了几百万年，这对您来说只不过是几分钟。这一点我当然不能证明，我当然也不是在指责你……”

“这没什么，”我对他说。“你说，你们的世界坐落在我左手的第二个和第三个关节之间，好吧，那么我能做些什么呢？”

“嗯，先生，我的想法是，你最近开始在我们世界的这个地区抓痒。”

“抓痒？”

“我想是这样。”

“那么你是认为，那根有很大毁灭性的发红的曲轴是我的一个手指了?”

“完全正确。”

“你是想要我停止抓痒。”

“只是在那个地点附近，”那个声音急忙说，“提出这个请求，真使人不好意思；我提出来只是为了保护我们的世界，使它不被彻底毁灭。我很抱歉……”

“不用抱歉，”我说。“有感情的生物是不应该为什么事情感到羞耻的。”

“您这样说，太谢谢了，”那个声音说，“我们是非人类，您知道，是寄生者，我们对您没有权力提出要求。”

“一切感情生物都应该团结在一起，”我对他说，“我向你保证，只要我活着，我永远也不会再在我左手的第一个和第二个关节之间抓痒了。”

“是第二个和第三个关节之间。”他提醒我说。

“我永远不再在我——左手的任何关节之间抓痒。这是一个庄严的保证和承诺，我只要一息尚存，就加以遵守。”

“先生，”那个声音说，“您拯救了我们的世界，实在感激不尽。可是我还是要感谢你。”

“这不算什么的。”我说。

这时，那个声音消失了，我也醒了。

我一想起这场梦，马上就在我左手的关节上裹上一条绷带。那块地方发痒我也不去管它，我甚至连左手都不洗。我整天缠着这条绷带。

我打算在下周末把这条绷带取下来。我揣摩，按照他们的计算，这起码给了他们二三百亿年的时间，这对任何种族都应该是绰绰有余的了。

但是这却不是我的问题。我的问题是，我近来凭直觉不安地感到，沿安德里斯断裂带将有地震发生，在墨西哥中部火山活动将重新开始。我的意思是说，他们将一起发生，这使我惶恐不安。

因此，请原谅我打扰了先前的梦，可是我遇到了这个紧迫的问题，只有您能帮助我解决……

龙魂赤之瞳

■ 小白水

一柄两米长的巨剑抛至半空，黑亮的剑身因所受的撞击实在太猛，剑身高速旋转往附近一株树干砍去，但见其剑刃口着实锋利，眨眼间已把一人围抱粗的树干拦腰切断。轰隆一声树冠向前倾倒，惊起一地枯叶。那身穿赤火龙链甲的男子并没料到眼前的漆黑之兽如此皮坚肉厚，以为仗利剑跃上便可一举砍下黑兽翼爪，哪知他高悬大剑砍将下来，却似活生生砍在铁石一般，登时火花四溅。男子只觉双臂剧震，虎口像要裂开来一般，立时撤剑离手。

没了武器的战士就如砧板上的肉，只有任由宰割的份。黑兽愤怒的红光透出眼眶，利爪遂从右方朝着男子胸口横扫过来，眼见他若再不躲避便要让利爪开膛。可是那男子偏偏僵立在地，不闪也不躲，手从怀里一探，嘴角微笑，似乎对怀中物事甚有信心。忽然夹着凄厉的啸声，一股凌厉的强风已消失得无影无踪，那黑兽利爪竟硬生生在男子面门一两厘米前停住，再看那黑兽身上已罩着一层闪黄电膜，全身就似中了石化魔咒一般向后倾倒。男子嘿嘿一笑，回身到断折的树后寻回大剑，又走近黑兽，用剑御着它覆盖着漆黑甲壳的脖子。这黑兽一只赤之瞳恶狠狠地瞪视男子，另一只却紧紧闭着，鲜血汩汩外溢，眼缝没入一柄金黄匕首，原来电光是从麻痹匕首触发，不仅毁了这黑兽一目，更让这身长六米的巨兽全身麻痹，半点也动弹不得。

却见男子不急于将黑兽首级割下，竟蹲下身来，将大剑横放在地，一手从腰间摸出一柄手掌般长的亮银窄身小刀，手指轻抚刃口，笑道：“小迅，这回你可遭殃啦！遇着我算是你背运，若再将你这赤之瞳剜下来又会如何呢?”男子轻揉着黑兽包裹赤瞳的眼帘，那凶恶猩红的眼眸却倒映出男子满面狰狞。

那男子又道：“刚才爆发的狠劲可真吓人！嗯，直叫人内心打战，但你胡乱攻击，目标浮摆不定，遇着如我一般头脑冷静的猎人自是半点也奈何不得，哈哈！你利爪扫将过来还是有点威胁的。不过我亦没料到只一发麻痹匕首就能制得住你。我这才叫艺高人胆大啊！就怕那什么猎人工会也无一人及得上我的！”

卧地不起的黑兽凶狠的目光此时已削弱了许多，还隐约流露出哀怜的神色。它深明这双赤之瞳要是毁了，自己决计不能再在树海生存，别说那时候眼不视物，就是再遇敌人而不能引发体内暴击力，也不过是引颈待戮之举，身为猎人却失去狩猎能力，那就如死了无异。双目猩红发亮是它极度愤怒的象征，但此种暴走反应只让自个失去冷静而胡乱攻击，破坏力的确非常惊人，与平日作为林间隐秘狩猎者的本色那是大大不同。

那黑兽神色越况凄楚可怜，但猎人丝毫不为所动，他握着小刀朝赤瞳周边画了个小圆，竟是作玩弄猎物之状，那猎人狞笑一声，刀子已没入左眼眶，顿时血如泉涌，喷得猎人猩红，然他手没放松，再沿着起皱眼帘底下逐一切割，每一下切割只让黑兽伤口处犹如百红蚁在神经处疯狂撕咬，血染模糊了视线，剧痛钻入脑髓，却是反抗不能。也亏那猎人做得出这等残忍至极的行当，为夺取赤之瞳那是不择手段。黑兽受制于猎人手下恍如活在炼烧的地狱，全身灼热，生不如死，最后连作声的气力也没有了。

过不多时，只见黑兽眼眶现出个黑洞，里面已是空无一物，只血流细丝淌个不停。这时猎人已走近溪水旁，双手往清澈溪水中一探，满手的鲜血立时在溪水中化开，染红一大片。手中赫然是那颗赤瞳，但色泽润红依然，虽然缺了神经支配发不出红光，但只消正面察视此目，一股森然刺骨之感油然心生。

“这赤瞳是到黑市卖掉好，还是拿去给铁匠打造改良武器好？黑市场对这小迅的眼睛需求甚紧，一枚就可卖五千金币，一对相配的价格更高，是单一枚价格的三倍。打造武器的话，一枚赤之瞳的暴击增幅又较一对相配的逊色得多了。可惜是我已毁了一只啦……”猎人自言自语间，回头瞧向地上的黑兽，摇了摇头，神色有点失落。

“哼，我就不杀你，且让你在树海犹如行尸走肉吧！”猎人走到黑兽身畔，朝右眼处用力一拔，附带着又一股鲜血，猎人抽出麻痹匕首后立即后跃

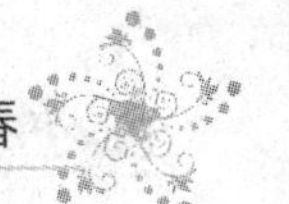

数米。心道麻痹匕首一拔出，黑兽身上的麻痹效果便立时失效，下一秒便是拼死相搏，哪知这黑兽只是颤巍巍地站起，又即委顿在地，已然晕死过去了。猎人笑了笑，还刃入鞘，拿起横在地上的大剑斜挂后背，手拿捏着如红润宝石的眼球，步往森林出口。

树海的萨斯湖西侧，两人大小的青草丛处，两双明目监视着距二十多米外的一群灵鹿，只见一头灵鹿犄角高高突起，眼目滚圆漆亮，正自眺望远处，那双细小尖耳一抖一抖，耳听八方，似乎只要四周稍有异动便立即率众撤离。此时其余灵鹿都安心到湿土寻找蓝蘑菇，或在湖边喝饮清冽的湖水，大伙儿都笃信背后的首领定能提供最坚实的保障。

“咳咳……事实上要分辨灵鹿的首领也并不困难，只要看其犄角是否较一般雄鹿高且尖锐就行。眼前这雄鹿除犄角雄伟外，胸前更长有一丛纯银雪毛，珍贵度自然更高。据说一小撮银雪毛在黑市便炒卖到五百金币，算是中上货色，但因灵鹿出没极其隐蔽，身躯瘦小却灵动非常，腿部弹跳力能让灵鹿在弹指间消失得无影无踪，故此银雪毛在黑市还是有升值空间……”草丛一人轻声道。

“够啦，我又不是未看过这生态保育书，我看这书作者就是没安好心，怎么在保育书说明了黑市价格的，摆明就是为了鼓励猎人从事黑市买卖的嘛！”草丛另一人道，语气重了一点。

“那是你没见识罢了，这是作者博通黑白两道而已，我也看过此书，内里描绘的生态图鉴之精细，只怕坊间再找不到第二本。我只赞这位作者观察之广，彰显自己热爱生态之深！”又一人道。

“你先前那句是什么，谁没见识了？我看你就没见识，尽信书不如无书，你又不是没看过科幻漫画，这点书中怪物任何幻想家都画得出，我看你这么爱幻想，这些画说不定是你乱造出来的！”先一人语气渐重，幸而还没有惊动附近鹿群。

“我们这次任务就是要收集十根鹿角，基思、吉拉，你们能不能安静点啊？再说维克斯还未回来，若不能来个前后围堵，让群鹿四散逃去，那又得再花工夫了，我可没这许多时间跟你们耗。”为首一人拿着那部生态书放轻声劝道，可眼前二人已是怒目相对，说不定还要在草丛中大打出手，只要草从稍微异动便要让群鹿察觉。

“喂，你们还要不要做任务啊?”拿书之人将书收入背囊，一双纤手钳着基思和吉拉的肩膀，力量竟是大得吓人，那二人再朝她望去时，见她左右雪白的脸窝上各抹了两撇红绿色的颜料，淡薄的柳眉下，是一双青翠眸子，可是其目光如炬，似乎单凭目光中的绿焰就能烧灼他们小小的心脏，尖细的鼻子下是无甚血色的樱唇，可那似笑非笑却直教他们心里发毛。

“放心吧！我们是好朋友好兄弟，不会打架的!”吉拉及时反应过来，一手握住基思。基思瞧得呆了如今也回过神来，道：“我们会好好监视群鹿，顺利完成……”

“……任务。”一句话还未说完，三人同时感到周遭的气息霎时间凝重了数倍，再看那群鹿，却有十余头横尸就地，或被重物压得血肉模糊，或被抓得肠穿肚烂，但现场并没有凶手身影。

“啊哈！这下子可不费吹灰之力啦！咱们就来顺手牵羊，将那些鹿角割个干净!”吉拉说去就去，全然不察觉周遭环境已发生剧变。基思也是不去劝阻，从草丛冒出来，朝那些鹿尸体走去，边走边抽刀，回身对着草丛喊道：“灵珊妹子且出来吧，不用躲藏了，咱们很快就能完成任务!”

再看草丛中，刚刚还是自信十足，冷静自若的灵珊瑟缩一旁，全身发抖，该是刚刚气氛突然变得凝重让她本能感到似是灭顶之灾降临。她娇喘连连，呼出的都是凉气，眼神已被恐惧所占据，变得空洞而无光，脑海也只盼维克斯能尽快出现，将自己救出这个恐惧的阴影。

四周寂静得可怕，连远方树上的鸟们都成了哑巴似的，倒是现场的基思和吉拉显得若无其事，只兴冲冲地抽刀下割，一根根鹿角都收在自己的腰包里，不出一会儿每人就拿了五六根，合起来也够任务数目了，可他们仍不停手，不断抽割，贪得无厌之心袒露无遗。

而有一异象他们都没发觉，那是鹿角被割离鹿首后，不管鹿所受伤害多重，都会直立身子奔跑，跑一阵随即消失在虚无之中，但此情况如今再没发生，就如割下普通的鹿角一般，尸体也只会永远在尘土上静待腐化。

待基思跟吉拉将灵鹿角割得干干净净，腰包背囊都是胀鼓鼓的，却见灵珊还未出来，均觉奇怪，这平时凶巴巴的妙龄女孩，怎地今日变得如此怕

事？他们奔到草丛前，拨开草丛一看，却见不到任何人，原来灵珊早便离开了这块氛围沉重异常的地域。两人相视一笑，随即惊疑起来，身体立刻发直，头也不敢回了，就似有双锐利凶狠的眼睛瞪视自己。

突然身后掠过一阵清风，吉拉和基思背后已站着一人，只见她一身青色蛇皮布甲，眼已戴着副高倍望远镜，白净的脸上四道红绿颜料，正是灵珊，她手挺着一架轻型机弩，喀嚓一声已填上四枚麻痹弹头，只待眼前怪物冲上便扣动扳机。

她瞪视着眼前怪物，眼神中甚有犹豫之色，手臂微颤。她随即对背后两人道："吉拉你用盾牌作防御准备，基思你脚法动力较快，也只好由你来做饵，沿湖边奔跑，边走边用龙木弓以麻痹箭射击，倘若还抵挡不住咱们就各自逃跑吧！"

话音刚落，三人随即严阵以待，只待灵珊飞弹一击不倒，便即按计划逃窜。

面对巨兽的同时，灵珊已缓下心来，内心不断回想方才在生态书里读到的数据。面前的巨兽周身是漆黑得泛着光的滑溜皮肤，上面布满硬度很高的鳞甲，一块块井然有序地排布，让它丝毫不起菱角，一看就是速度型的对手，那自是书中叙述的迅龙无疑。只见它双耳甩向脑后，张嘴露出白森森的尖牙，口中作咕噜咕噜之声，涎沫如糨糊般垂下，露出一副穷凶极恶的模样，显是极度饥饿之故。它四肢虽短但粗壮有力，那爪就像镶了三把利刃般，硬如岩石也能轻易切割开来。

狩猎生态书上还有提到只要那双浅黄的锐瞳一旦愤怒时就会闪烁出猩红流光，见到这种情况不逃跑也只好以性命相搏了。这黑兽学名迅龙，武器除迅猛的利爪外，还得留神其极度危险的尾巴，尾部末端部分会伸出骨刺，就如一个超重型狼牙棒般，被狠命摔中的话绝对有死亡觉悟！

如书中所绘的不同，眼前的真实自然不能跟书中的画像相提并论，实战之上，纸上兵谱也是用不上的。那黑兽迅龙一双前腿伏地，后双腿岔开，就像下一秒便会扑将过来一般。最锐利的竟是那双黄澄澄的水晶眸子，目露凶光，那才是真正的狩猎者对着猎物时的眼神。

时间一分一秒地过去，黑兽似乎不敢贸然扑上，灵珊也未至急躁立刻按动扳机，这类生物在森林身经百战，都是一流的狩猎者出身，一发不中再发也不可能再中的，但若对手先动，自己反道着了先机。

迅龙停在与他们十多米外的地方，目光瞪视着丝毫不曾移开，随着它将尾巴伸向高到头顶，突然缓缓旋转起来，竟是越旋越快。在飞弹爆破声的下一秒，六枚拳头大小的暗器也即破空而至，直射灵珊等三人之身躯，吉拉也真够迅速，转身已伸着盾牌挡在灵珊身前，只听啪的一声，那锐利如黑牙的暗器已插入盾牌之中。吉拉也是大吃一惊，手中盾牌是黑铁所铸成，没可能连兽齿也防不住吧？但事实如此，只怕这盾牌也抵挡不了多少就要作废了。

灵珊在惊惶之下却匆忙拉动了扳机，两颗麻痹弹附着流光激射过去，可偏偏准头差劲，那迅龙左臂上利刃横批，两枚飞弹便裂成四块朝两侧横飞。它没急于立刻欺近身来，只遥遥相对，刚才的摇尾发射暗器只是探敌之作，饥饿的时候反赐予它更冷静的头脑。

“还有两颗，我必须要冷静下来，可是刚才黑兽所出招数在生态书上并未得见，难道它还有其他隐藏招式尚未使出？”灵珊陷入一片迷茫中，在这危急关头竟未摸出保身之道。

却见萨斯湖沿岸一阵水花溅起，数枚长箭竟神不知鬼不觉地击在了迅龙身躯，那黑兽左侧受敌，迅速跃开数步，头侧向基思猛地吼叫，似乎在责怪他打扰自己进食一般。基思拉弓搭箭，每一枚准绳都到了巅毫，可势道力道却完全奈何迅龙不得，箭尖穿不过这浑身铺满轻硬鳞片的皮肤也是无用，但作为引饵，他算成功了。

这边黑兽已追赶着基思，只见他边走边射，如果背上羽箭能够射中软弱部位就好，可眼睛目标太小，口腔位置又让锐牙阻隔；黑兽颇为保护自己的眼睛耳朵等脆弱位置，故也未作出全力进攻，一时间双方也奈何对方不得。而这时机灵珊怎会抓不住？她重回草丛中，只将机弩口露出草丛尺许，扣住扳机耐心等待时机，吉拉则赶上前去再分散黑兽注意，见他上踪后跃，不时滚地躲开从半空摔将下来的重尾，就算他身形矫捷，也显得甚是狼狈。基思拉弓放箭，似乎能与黑兽保持一段距离，减却埋身肉搏的机会，但只稍微让迅龙欺近伸爪一递，立时便叫身穿轻型龙木装束的他重伤。

忽然砰的一声巨响，吉拉身体飞了出去，那黑兽右爪压将下来，幸好吉

拉受伤不大，迅速挪开了，让爪压了个空，但见他身上的岩龙铠甲已现了无数裂痕，此装备由生长在火山的岩龙皮肤所制，其皮肤经岩浆洗练得坚厚，一般刀剑砍之不入，现在竟让这迅龙一抓便裂。

“可恶的家伙，可知我这副铠甲花上多少珍贵素材打造吗？”吉拉掩着腹中创伤，缓缓站起身来，这才从背后拔出一柄宽剑。这柄双刃宽剑，一边是寻常利刃，另一边却如铁制的鳄鱼锯齿，他放松身体，那疼痛感只得暗暗忍住，神情却已凶狠了许多。他仗着手中特殊兵刃，架着盾牌在前作防护，向追赶基思的迅龙奔去。

其时天色渐渐暗淡下来，吉拉、基思二人不经觉已跟黑兽缠斗了近三个小时，基思羽箭用完，躲在岩石之上已是筋疲力尽，吉拉身上重甲东缺一块，西掉一块，创口处现了数道血痕，手上面上满布血迹，竟是喘着大气剧斗，狼狈至极。

只听基思此时竟在岩石上道：“吉拉勇士，小弟基思为你全程打气！”

“你在上面干什么？羽箭用完了就丢石头啊！”吉拉在迅龙刃爪上胡砍一刀擦出了无数火花，乘着反弹随即跃开几米，架着剩下半块的盾牌，插剑半跪在地。那迅龙也不再向前扑杀，嘴边淌下的垂涎更盛了，搏斗了那么久，这林中猛兽也是疲态尽显。

“我也无力再丢石头啦，拉弓拉得手臂也麻软了，就是不知这怪兽什么肉造，这等坚厚！”基思索性盘膝而坐，就像刚刚一直就在此处看戏般，此处正是勇士斗恶龙的斗兽场。

“嘿，正待此刻！”草丛中传来两声爆响，两枚半空旋转的弩弹射向迅龙之躯，它就算察觉了也已然不及，一颗击中头部，另一颗镶入被削开了甲壳的嫩肉之中。霎时间嗷的一阵啸声，接着轰隆一声巨兽已然落地，全身裹着一层闪黄电膜。

“哈……哈，终……终于削……开了它的甲壳……”吉拉说完，一泡鲜血喷出，倒在地上。基思从岩石跃下，伸手到鼻孔处一探，眉头却是一皱，接着大呼道：“吉拉别死，别死啊！我……我们不是兄弟吗？你怎能留下我不理呢？”遂将吉拉拥入怀中，哭得满脸眼泪鼻涕。

此时灵珊也从草丛中出来，伸展了几小时潜伏着一动不动的身体，这才从背包取出一个圆形物事，走近迅龙的身畔放下，按了按钮竟是一张捕抓用的陷阱，只见上面布满电闪，就是一踏足便要触电，灵珊却如履平地一般，拍拍手便即离开电网范围，原来作为猎人，基本的装备都是防触电的，只是见着满地电闪，没有足够胆量是不敢踏前半步罢了。

那精力耗尽加上全身麻痹的迅龙却从狩猎者成为被狩猎对象，转眼便要被眼前这三名猎人收服，尽管心有不甘，但也无可奈何了……

灵珊设置陷阱完毕，走到吉拉的身畔猛踢了一脚，道："你假装完了没?"

吉拉顿时"哎呀"一声喊将出来，这一脚力道甚猛，又是踢中没有覆盖铠甲的伤口，只痛得他滚来滚去。她随后冷冷地道："时间不早了，我们得尽快汇合维克斯，基思你也不看清楚，他是屏住呼吸，肚皮还是涨落有序呢！连被人戏弄也懵然不知!"

基思嘟囔道："你这个坏家伙从不安好心，亏我为你哭得死去活来，我要泪债血偿!"说罢抽出龙木弓来说打便打……

"好兄弟，我确是晕死了，被灵珊姑娘的一脚跟你的眼泪鼻涕治好了，你怎么又这般折磨我?"吉拉元气尚未恢复，实在经受不得打击，只得连连求饶。

"谁在欺负我吉拉兄弟呢?"说话之人语音带着一股傲气。灵珊沿着声音朝去，只见远方现出一个红影，随着那红影走近，灵珊已是喜不自胜，连那轻弩也忘了带上，就奔到那红影的怀抱中。

但见灵珊红晕双颊，依偎在那套赤红长满菱角的火龙链甲上也是毫不在意，口中嘤的一声，接着呜呜咽咽地道："你遗下我不管了，是不是？怎么独个儿走了，倘若我们几个遭遇不测了，你又怎么办?"

"哈，我自是知道你应付得来的，所以才离开嘛!"维克斯道，抚着灵珊那套青蛇皮布甲又柔声道："只怕你死了，我也跟你死在这里就好，一起葬身树海有何不好啊?"

"你说话就是没半点正经，要是我们都死了，大家都化为尘土有什么好?要是化作两只蝴蝶还不错呢!"说着灵珊自知说了不该说的，不由得红晕再现，那是跟方才脸无血色的状况各走极端。

维克斯轻轻推开灵珊，伸出一手，心想这物事若给灵珊的话是最好不过了，只怕她立刻便要答应我求婚不成呢！

“你这手里握着的是什么啊？别耍神秘玩笑！”灵珊娇滴滴地伸手欲掰开维克斯的手指。然而手才刚接触，立时重拾回那股前所未有的恐惧。她立刻跃开数丈，声音颤抖着说：“你这是什么，维克斯？这东西有股极度沉重邪恶的气息，应该就是这东西让我怕得几乎喘不过气来！”

“什么？这只是小迅的赤之瞳啊！我看也没什么可怖之处，就是猩红了点吧！”说罢维克斯将赤之瞳拿到迅龙跟前，指着那两颗黄澄澄的眼珠道：“我刚才确是遇上另一条迅龙，我将它麻痹后，毁了它左目，再用刀剜下它右目罢了。现在它应该是半死不活吧？哈哈！”

“你……你说什么？”听到维克斯竟在迅龙麻痹状态下，活生生剜出它的眼睛，那种痛苦她自然感受得了，那是种极度残忍的手法，真为天人所不容的。她只道维克斯已犯了虐待猎物的猎人规条，要知道猎物跟猎人之间虽然是你死我活的关系，但绝不能单方面的虐待，如果让猎物生活在生不如死的境地，那积存在它内心的愤怨便会形成一股更为霸道邪恶的力量，这种力量除能感染人心变得邪恶外，就连周遭和谐的环境气氛也要遭受变更。

“你看到灵鹿尸体吗？原本它们有种特性，就是被割下鹿角后，会奔向虚无空间，但此刻它们横尸就地，已是大大地改变，刚刚的邪恶氛围吸引了这条迅龙过来，只怕……”遭天谴三字还未说出，灵珊指着背后的庞大黑影说不出声来。

原来众人以为这条迅龙已被擒获，谁知它骇然看见维克斯掌上的赤之瞳，原本委顿的身体立时奋起挣扎，未几已弄坏了陷阱，那双黄澄澄的圆目似乎蒙受感染一般，一眨眼成了猩红，它长啸一声，如惊天的雷响一般刺耳，又饱含着沧桑的响声，它没有立时发作，只是仰首朝半空中悲鸣。啸声回响百转，似乎在为自己的挚爱痛哭一般，自是观者无言，闻者落泪。

维克斯知道下一刻迅龙便要暴走，但这刻他竟狞笑道：“再宰一条也不差，这次不许再毁掉任何一只眼目了，我要完整的！”说罢从背后拔出大剑，将那红润的眼珠纳入腰包，好整以暇地准备迎战。

迅龙的悲鸣尚未止住，在场四人已各自手握兵器，严阵以待。灵珊也是

逼不得已握着武器与维克斯一列，只怕眼前的她的爱人早已不是平时待人宽厚，为保护村子森林尽力的男子汉了，却仅存一丝丝渴望在心间，希望他尚能立时改邪归正。却如何让他改邪归正呢？还未有方案。至今能解开她心中疑团的，也只有自己的爷爷灵木，他是村子三大长老之一，对于鬼神禁忌知识渊博，他在的话才有法子揭开谜团，可是村子离树海是千里之遥，又如何求救？目前唯有且攻且退，寻找逃生之路。

迅龙呼啸之际，天边雷闪不停，乌云转眼布满天空，四周一丝风也寻不着。迅龙圆目盯视前方，竟与寻常迅龙无异。维克斯见龙尚未发难，竟要先下手为强，那大剑在地下拖出一道尺许深的坑道，显出大剑沉重非常，维克斯臂力更是超群，操起大剑横砍劈一剑。咚的一声剑劈在迅龙前足上不能砍下，维克斯心下一阵心寒，瞧着那红眼还是若无其事地瞪视自己，不由得心里发毛，但有碍于面子不敢撤剑。那迅龙使出一招神龙摆尾，全身原地急转，尾巴一挑，拍向维克斯胸口。幸好他用那柄巨剑斜插地面，硬挡下这招。

但见冷风又至，这回大剑已然不及抵挡，只听到数下兵器碰撞之声，维克斯已受伤倒地，双肩各穿插着一颗漆黑兽齿，每根都是手掌般长，维克斯双肩下摆，已是不能再使力。

吉拉与基思见徒生巨变也不禁为之咋舌，吉拉拿起那柄宽剑朝向迅龙的伤处插去，基思则寻来留在附近的利箭，再行拉弓射箭。一阵惊天雷劈将下来，将昏暗的树海划得白亮。

灵珊迟迟不扣动扳机，内心正在斗争，究竟眼前这个不顾规矩残害生灵的人该不该帮？但他又是自己的爱人，是非帮不可了。再自犹豫数分，只听得吉拉一声惨叫，他竟在挥剑半空下砍时察觉不到尾巴已然攻来，尾尖穿过他的胸膛，再用力一挥，吉拉顿时气绝。

基思听到吉拉的惨叫已不能安下心神应对，箭也瞄之不准，一阵呜咽之声，基思倒地，咽喉间插着根漆黑兽齿。

迅龙连败二位猎人也只在一瞬间，灵珊只见黑暗中两颗血红的萤火虫双双飞舞，霎时间全场已没了声响，只余下一片死寂。灵珊一颗心脏就如要蹦出来般，此刻四处眼不视物，却见一双红眼盯视过来，怔怔地瞧着自己，随后竟缓缓退离，隐没在黑暗之中。灵珊见四周回归黑暗，只道已较刚才红眼乱闪之时安全许多，于是戒备放松后，随即倒地，力竭昏迷。

次日初晨，灵珊被一丛耀目的晨光耀得醒来，却见东西北方分别卧着维克斯、基思和吉拉三人，这三人中有两人已然气绝，灵珊爬到维克斯跟前，只见他气息微弱，更恐怖是他双目位置竟是空空如也。但见他悠悠醒转这才发觉眼不视物，但他也不顾，勉强挪动右手，竭力探入身旁口袋中，掏出那颗猩红眼珠放到手心挪捏，但觉其圆润之极，突然嘿嘿一笑道：“真是颗无上尊宝啊！拥有了这么一个宝物，我这双眼双臂赔得也不枉了！”

灵珊见他坐直身子，废了的手仍在把玩着赤之瞳，双目已被剜去却仍在奸笑，模样是再恶心也没有了。只叹昔日堂堂的赤火龙猎人今世也已消失，内心不禁一阵酸楚，然而又想到维克斯的虐杀恶行，心中却又不禁涌起阵阵快感。

目前只她一人能够活动，于是她就地掘坑，将基思和吉拉的尸身连同随身装备一起埋了，却见二人死时还紧紧背着那袋胀鼓鼓的鹿角，内心不禁骂了句贪得无厌。她又用维克斯的漆黑巨剑插在堆成的小丘之上，将之化成剑冢。待一切完事，这才扶着维克斯离开树海。

碰巧在回归路上遇到艾露族群的车子，这才乘搭一趟顺风车脱离树海回村。说起艾露族群，那是一群原本深居野外的猫群，颜色主要分成两种，白艾露身上布有棕色斑点，黑艾露则只面部和腹部呈白色。白艾露性格温顺对周遭事物好奇，喜欢寻根究底；黑艾露性格较为敏感，对陌生者有攻击倾向。然而村子的猎人在许多年前就与艾露一族联结同盟，大家相亲相爱不分彼此，但仍有不少野外族的艾露群不愿与村落为伍，处处捉弄出行的人们。幸好灵珊这次遇到的艾露群正是刚在树海收集素材回村，这才不怕惹上什么麻烦。

于是两天后就回到村子，灵珊让维克斯独个在医院养伤，自己就去寻找村子的三大长老之一的灵木长老将这几天不明之事问个究竟。

一所木造的居所共分四层，每往上一层，左右便较下一层各少两个房间，最顶一层共有三个，最左的一所就是灵木长老的所在。灵珊轻轻悄悄地走到木门跟前，敲了敲门，只听内里一把苍老的声音喊了出来：“是珊儿吗？

进来吧！”

灵珊满心欢喜，但也不禁佩服她爷爷耳朵之灵细，猜测之准确，不失为当年叱咤一时的三大猎人之一。喳一声木门敞开，只听见灵木长老的声音，却见不到人，屋内家俬陈设有序，尽管摆设都以简单为主，但那祭台上的木雕头像却是那样逼真，正是二十岁英姿勃发时期的灵木长老，再看头上也挂着两颗木雕，见它们咧开嘴巴露出的牙齿参差不齐，但每一颗都雕得相当尖锐。头上没有菱角外突，下巴长有钩角的，是青龙雷亚；另一头额前尖角外突的，是红龙雷克斯。灵珊每次来看灵木长老都要瞻仰这三颗头像一两分钟方才进入，这次也不例外。

“是什么风吹你回来啊？我的乖孙女？”灵木长老一脸慈祥，白眉垂肩又遮了双眼，一丛白胡子竟一垂到地，但他身材矮小，比之灵珊腰间还矮上一点。

听到爷爷柔声呼喊，灵珊再也忍不住了，跌跪在灵木身前，伸手将他抱住，哭道：“孙女实在不配当猎人啦！我此行跟着维克斯、吉拉和基思组队出发，没想到这么快就害死了吉拉、基思两个同伴，还让维克斯的眼也被剜去了！”

“这事我倒知道一点，听说维克斯在树海狩猎是犯了狩猎的大忌是吗？”灵木安抚着灵珊，面对这孙女，灵木的心肠最软。

“好，我就将事情来龙去脉跟爷爷你说吧！”于是灵珊将如何遇到迅龙，如何让吉拉和基思牵制迅龙，如何发现那群灵鹿失去鹿角没有消失，维克斯他们三人如何变得二死一盲一一说了。

却听灵木长老叹了一声道：“我就担心维克斯这男孩心高气傲，为达到目的不择手段，才迟迟不让他跟你去狩猎，但你一再恳求下我唯有答应，如今闯出大祸也怪不得你，只怪我当初没有硬下心肠来，阻止这悲剧发生。”

“爷爷，我对不起你，我实在做不了猎人啦！我也信错了维克斯这个残害生灵的男人！他也不配当猎人呢！”灵珊咬着薄唇，擦着泪道。

“他还在医院养伤吧？那颗赤之瞳如今还在他手上吗？”灵木说完，内心一阵不安。

“是啊！他从在树海那天起一直握着那颗什么赤之瞳不放，别人想拿开

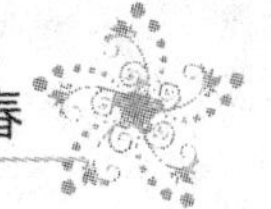

他却是叫嚷着别抢走他的尊宝。”

“只怕这赤之瞳会为村子带来隐患啊，你说的灵鹿失去鹿角不能消失就是证明之一，你说迅龙悲鸣树海也是异象。未知还会有哪些不详征兆要发生。”灵木无意吓眼前的小孙女，只道事情的确要让灵珊加倍留意，他又道：“如今要化解这场冤孽，只有让赤之瞳恢复回原来的黄色，那这场灾难便可消弭。”

“是的，灵木爷爷，我这就去拿赤之瞳回来，珊儿志在四方，自然会在旅途中寻找方法解除赤之瞳的灾厄！”灵珊笑得犹如桃花绽放，打开木门便走，顺带留给爷爷一个自信的鬼脸。

“珊儿，你这就去西方尔拉尔村去找一个叫哈尔斯家族的遗孀吧，据说那个家族有种特殊能力，就是能与自然界沟通，对你帮助甚大！”灵木还真担心这孙女没头没脑的，就去胡乱消灾，于是就指了这道儿给她。

“明白啦，老唠叨，哈哈！”说罢她以不甚尊敬长老的仪式——吐舌头拜别了灵木长老，心里默记着爷爷说的话，就此离开。

灵木长老也只摸着那丛白胡须，呵呵笑着目送孙女离开，转过身来，对着自己曾经风光过的雕像，心道：“若我能再年轻几十年就好，那就能伴着这可爱的孙女闯荡江湖了……”

启　　事

本书编选时参阅了部分报刊和著作，我们未能与部分作品的作者取得联系，在此次深表歉意。请各位作者见到本书后及时与我们联系，以便按国家相关规定支付稿酬及赠送样书。

地址：长沙市天心区芙蓉南路和庄 A 栋 3118 室

电话：0731 - 85155171